KB177887

수박

수박

초판 1쇄 발행일 2014년 3월 31일 | **초판 2쇄 발행일** 2014년 6월 20일
지은이 이은조 | **펴낸이** 박진숙 | **펴낸곳** 작가정신
책임편집 김종숙 | **편집** 황민지 | **디자인** 정인호
마케팅 안치환, 지혜 | **홍보** 김영란 | **재무** 윤서현
인쇄·제본 한영문화사
주소 413-120 경기도 파주시 문발로 207 2층
전화 02 335 2854 | **팩스** 031 944 2858 | **이메일** editor@jakka.co.kr
홈페이지 www.jakka.co.kr | **출판등록** 1987년 11월 14일 제1-537호
ISBN 978-89-7288-539-9 03810

이 도서의 국립중앙도서관 출판시도서목록(CIP)은 서지정보유통지원시스템 홈페이지(http://
seoji.nl.go.kr)와 국가자료공동목록시스템(http://www.nl.go.kr/kolisnet)에서 이용하실 수 있습니
다. (CIP제어번호 : CIP2014009975)

수·
박·

이 은 조
소 설 집

작가
정신

차례

전원주택

민이가 울음을 터트렸다. 강의 딸 세라가 민이의 소방차를 빼앗은 참이었다. 세라는 민이에게 혀를 날름거리며 사이렌을 울렸다. 애애애앵. 애애애앵. 민이가 나를 보고 크게 울었다. 세라는 주먹을 쥐어 보이며 민이를 위협했다. 세 살이 여섯 살에게 항변할 수 있는 건 눈물뿐이었다. 민이의 울음소리가 더 커졌다. 나는 개수대에서 부추전 반죽이 묻은 손을 씻었다. 세라는 민이의 장난감을 죄다 망가뜨리고 부쉈다. 세발자전거와 변신 로봇을 반 토막 낸 적도 있었다. 어쩌다 그리되었느냐고 물었을 때 세라는 내게 욕을 퍼붓고 바닥에 주저앉아 통곡했다. 세라가 집에 오면 민이의 장난감을 숨겼다.

강의 가족은 느닷없이, 불쑥, 갑자기 들이닥쳤다. 소방차도 세라 손에 망가질 게 뻔했다.

민이를 끌어안고 사이렌을 꺼버렸다. 가슴에서 물컹한 것들이 소용돌이쳤다. 통유리 창 너머로 전원주택들이 한눈에 들어왔다. 저 안에는 어떤 사람들이 살고 있을까. 그들은 사랑과 정이 넘치는 하루를 보내고 있을까. 방문객들을 어떻게 거절할까. 햇살이 유리창을 뚫고 거실 마루로, 소파로 떨어졌다. 강이 유리창을 두드리고 바비큐 그릴을 가리켰다. 그릴에선 연기가 피어올랐다. 지금 이 순간 할 일은, 바비큐가 다 구워졌으니 얼른 나오라는 강의 손짓에 화답하는 게 아니라 목 놓아 눈물 흘리는 일인지도 몰랐다. 강과 함께 바비큐를 굽던 남편의 눈이 휘둥그레졌다. 나는 남편을 외면하고 세라를 노려보았다. 세라는 기죽은 얼굴로 뒷걸음치다 소방차에 걸려 넘어져 울기 시작했다. 세라의 옷은 때가 껴 꼬질꼬질했고 눈물조차 더러웠다. 그 더러운 눈물이 내 아이에게 튈까 봐 나는 등을 돌렸다. 두 번 다시 저 텃밭에 부추를 심나 봐라. 올해에는 케일, 열무, 고추, 상추 따위도 내 밭에서 자라지 못하리라. 강의 가족도 받아들이지 않을 것이다.

남편이 창백한 얼굴로 거실 문을 열었다. 바비큐 접시를 들고 있는 그의 어깨가 축 늘어져 있었다.

나는 민이를 안고 욕실 문손잡이를 잡았다. 문은 잠겨 있었다.

"사람 있어요."

강의 아내 순주였다. 순주는 반신욕에 맛을 들인 후 종일 욕실에서 살았다. 욕실의 여자는 자신의 존재를 알리기 위해 콧노래를 흥얼거리며 세게 물을 틀었다.

가계부는 몇 달째 적자다. 민이는 지인들의 옷을 물려 입었고 남편은 용돈을 줄였다. 나는 결혼 전 입던 옷들을 수선해 입었다. 순주는 살 만한 집에서 웬 헌 옷 타령이냐며 핀잔했다. 대출을 끼고 산 집이라고 하면, 그래도 그림 같은 집에 살고 있지 않느냐며 대수롭지 않게 생각했다. 그들은 그림 같은 집은 즐길 줄 알지만 그림 같은 집을 유지하는 고충은 알려고 하지 않았다. '며칠만' '잠깐만 있다 갈게' 하는 핑계가 한 가정의 평화를 깨뜨릴 수도 있다는 걸 그들은 몰랐다.

강이 접시에 바비큐와 소시지를 수북하게 담아 가져왔다. 세라가 강에게 달려가 억지 눈물을 짜며 투정을 부렸다. 세라의 콧물 삼키는 소리는 역겨웠다.

"동생 잘 데리고 놀라고 했잖아. 우리 딸은 너무 자유로워서 큰일이야. 허허. 자, 술 한잔해야지."

강은 또 술 타령이었다. 바비큐 접시를 들고 거실 테이블로 걸음을 옮겼다. 강은 장식장에서 술잔을 꺼냈다. 세라는 그때를 놓치지 않고 장식장에 진열된 손바닥만 한 도자기 인형을 꺼내달라고 했다. 며칠 전부터 세라가 꺼내달라고 했지만 거절했었다. 강은 내 허락도 없이 도자기 인형을 부주의하게 꺼냈다. 그 바람에 인형 앞에 있던 남편의 크리스털 상패가 거실 바닥에 내동댕이쳐졌다. 대리석 바닥에 잔금이 생겼고, 상패는 귀퉁이가 깨졌다. 대리석이 깔린 거실은 목조 주택과는 잘 어울리지 않았지만 방문객들은 그것으로 우리 가족의 부를 가늠하고는 했다. 대리석이 깔린 집에 살 정도라면 아주 잘살 것이라고, 숨겨둔 재산도 많을 거라고 제멋대로 상상했다.

"이거 뭐 이렇게 허술해."

강이 시큰둥하게 말하며 상패를 제자리에 올려놓았다. 지난해 남편이 회사에서 받은 '우수사원상' 상패였다. 강은 바닥에 떨어진 물건이 무엇인지도 잘 모르는 것 같았다. 상패에 적힌 '위 사람은 자신의 능력을 펼치며……'라는 글귀를 읽었을 리 없다. 남편은 더 이상은 못 참겠다는 듯 앞으로 나섰다.

"이제 그만 돌아가주게."

남편은 대본을 외우듯 말했다. 강은 무슨 영문인지 모르겠다는 듯 남편을 바라봤다. 남편은 강이 뒤집어 세운 상패를 바로 세워놓았다.

"그만 가줘. 저녁엔 어머님이 오시기로 했어. 편찮으셔서 요양이 필요해. 그러니 당분간은 자네와 지내기 어려울 거야."

남편의 눈은 매섭고 차가웠다. 한 번도 본 적 없는 얼굴이었다.

강의 아내 순주가 욕실에서 나왔다. 수건으로 젖은 머리를 감싸고 내 샤워 가운을 걸쳤다. 욕실의 수증기가 거실로 퍼졌다.

"아우, 개운해. 민이 엄마, 부추전 내가 부칠게."

순주가 젖은 머리를 털며 말했다. 세라가 소방차에 도자기 인형을 태우고 사이렌을 울렸다. 남편은 사이렌을 꺼버리고 세라의 품에 소방차를 안겼다. 세라는 강의 눈치를 살피며 소방차를 바닥에 내려놓고 도자기 인형은 슬그머니 주머니에 넣었다.

"이건 먹고 가야지. 자, 대충 들고 가자고."

강이 순주와 세라에게 손짓했다. 남편이 강의 앞을 가로막았다.

"지금, 가주게. 고기는, 가져가게."

강의 가족을 태운 낡은 지프차가 떠났다. 남편은 배웅하지 않았다. 민이가 내 품에서 내려와 소방차를 안았다.

"빠방 빠방, 민이 거야. 빠방 빠방."

민이가 소방차의 사이렌을 울렸다. 남편도 나도 그대로 두었다. 실내에 퍼진 눅눅한 수증기가 서서히 걷혔다.

*

남편은 조용히 살기를 바랐다. 아이들이 걸어서 학교에 가고, 시장과 은행, 극장, 스포츠센터, 공원에도 걸어서 갈 수 있는 작은 마을을 상상했다. 자연의 정기로 충전하고 호흡하는 일이야말로 소박한 꿈이라고 남편은 생각했다. 꿈은 재고되었다. 자연 친화적인 삶은 비빌 언덕이 없는 샐러리맨에게는 힘든 일이었다. 도시의 삶을 포기하고 귀농하거나, 일확천금의 눈먼 돈이 굴러 들어오지 않는 한 '소박한 꿈'은 이룰 수 없었다. 남편은 무리를 해서라도 당장 좋은 환경을 만들자고 했다. 나는 감당할 수 있는 형편일 때 이사하기를 바랐다. 내 집 마련 장기 프로젝트는 늘 한숨으로 마무리하곤 했다.

민이가 돌이 지나 걸음마를 배울 무렵 이웃에서 인터폰이 걸려왔다. 이웃들은 불규칙하게 뛰어다니는 아이의 소음을 항의했다. 그들은 언제나 자신을 밝히지 않았다. 나는 민이가 자랄 때까지는 어쩔 수 없다고 생각했지만 남편은 죄책감을 느꼈다. 민이가 뛰면 항의가 올까 봐 전전긍긍했다. 엘리베이터에서 마주치는 낯선 이웃들과의 짧은 순간도, 무분별하게 쏟아지는 관리실의 안내 방송조차도 불편해했다. 업무 스트레스까지 겹쳐 남편은 원형탈모 증세를 보였다. 우리 가족만이 누릴 수 있는 공간은 요원했다. 단독주택은 비싸거나 낡았고 공동주택은 민이가 성장할 때까지는 또 같은 원성을 들을 게 뻔했다.

어느 날 남편은 전원주택으로 이사하자고 했다. 남편이 꿈꾸는 작은 마을은 아니었지만 민이가 학교에 들어가기 전까지는 마음껏 뛰어놀고, 텃밭을 가꾸며 살 수 있는 전원 마을이었다. 나의 오랜 소망이 떠올랐다. 조부모, 부모, 형제들과 북적이며 살았던 내게는 나만의 방이 없었다. 결혼을 서둘렀던 것도 단출하게 살아갈 수 있을 것 같아서였다. 대출금을 끼고 산 아파트를 시세에 맞게 팔고 부족한 돈은 이십 년 장기주택자금 대출로 돌리면 꿈을 이룰 수 있을 것 같았다.

전원주택은 시 외곽의 한적한 곳에 있었다. 먼 거리이긴 하지만 보육 시설 버스도 다녔고, 마트도 있었다. 교육공무원으로 퇴직한 노부부가 평생 살 목적으로 지은 집은 꽤 튼실했다. 이사를 서두르고 있어 가격도 시세보다 낮았다. 일 층에는 대리석이 깔린 거실과 페치카, 아일랜드 식탁과 주방, 부부 침실이 있고, 이 층 세 개의 방은 천장이 낮아 다락방처럼 아늑한 느낌이었다. 나는 두 명의 아이를 더 낳아야겠다고 농담했다. 남편은 아이들이 태어나기 전까지 방 하나를 내 것으로 꾸미라고 했다. 이웃들과 띄엄띄엄 떨어져 있어 안개처럼 스며들어 편안하게 살아갈 수 있을 것 같다고, 남편은 흡족해했다.

거실 대리석 바닥이 마음에 걸렸다. 대리석은 보온의 효율성이 떨어지고 연료비 소비가 높다. 노부부는 아이보리색 바닥이 기품 있고 멋지다며 말을 돌렸다. 하지 말걸 그랬다는 말을 아내 쪽이

했던가, 남편 쪽이 했던가. 노부부는 한 몸처럼 큰 소리로 말하고 낮은 소리로 중얼거렸다. 노부부가 바비큐 그릴을 쓰겠냐고 해서 흔쾌히 받았다. 페치카 장작, 향초, 숯 등 전원주택에 필요한 물품들도 두고 가겠다고 했다. 노부부는 내 손을 꼭 잡으며 방문객들을 많이 받지 말라고 당부했다. 방문객들에게 당신들의 삶을 빼앗길 수도 있다는 노부부의 말은 빨간 소화기에 적혀 있는 주의 사항처럼 멀게 느껴졌다. 들쥐와 뱀이 나타나기도 하니 현관과 거실 방충망은 다시 공사하라고 했다. 노부부에게 어디로 이사하느냐고 물었다. 노부부는 아파트로 이사한다며 말을 아꼈다. 답답해도 할 수 없다는 체념 조의 말은 아내 쪽에서 새어 나왔다.

이 년 전 봄, 우리는 드디어 전원주택으로 이사했다.

현관, 주방 방충망을 그리드형으로 바꾼 것 말고는 딱히 손볼 곳이 없었다. 남편은 도시에서 살 때보다 더 부지런해졌다. 출근 시간도 빨라졌고 제시간에 퇴근해 자투리 집안일을 거들었다. 나는 무역 회사의 경리 업무를 정리했다. 남편은 민이가 초등학교에 입학하면 다시 일을 시작하라고 했지만 진심은 아닌 것 같았다. 일에 대한 미련이 없다는 걸 남편이 모를 리 없었다. 다시 일을 시작한다면 다른 일을 하는 게 낫다는 것도 남편은 알고 있었다.

민이를 재워놓고 텃밭을 가꾸고, 울창한 숲들을 바라볼 때면 행복이 별거냐 싶었다. 남편과 나는 눈이 마주치면 이유 없이 히죽거렸다. 나는 언제나 좋은 사람이 될 것만 같았다. 민이에게도 이렇게 멋진 집이 있으니 산타 할아버지 선물은 받지 않아도 좋다고 토닥였다. 대출금이 빠져나가 홀쭉해진 월급 통장도 서운하지 않았다. 지금은 힘들지만 형편은 차츰 나아질 거라 믿었다. 아침 점심 저녁을 먹는 것이 아니라 크루아상과 커피, 새싹채소비빔밥, 퐁듀와 와인을 마시는 시간으로 기록될 것이다. 봄에는 꽃씨를 뿌리고 여름에는 햇살로 지은 밥을 먹고, 가을에는 낙엽 이불을 덮고 겨울에는 눈꽃 모자를 쓰리라. 내 소망은 단순했다.

첫 집들이는 친정 식구들이었다. 텃밭에 채소들이 다 자랄 때까지 기다려달라고 했더니 서운하다고 했다. 도시인 특유의 스트레스일 거라 생각하고, 청경채가 무성하게 자란 초여름에 식구들을 초대했다. 끈끈한 우애나 넘치는 부모 사랑을 받지는 않았지만 서로 불만은 없었다. 저마다 살기 바빠 자주 연락하지 못하는 아쉬움이 형제애를 돈독하게 했다. 대형 할인 마트에서 고기와 생선, 공산품을 구입했다. 쿠키와 머핀은 인터넷 요리 레시피를 참고해 오븐에서 구웠다. 형제들과 조카들, 늙은 부모는 잡지에서나 보던 식탁 같다며 감탄했다. 그들은 고기마저도 밭에서 뽑아온 공짜 식품으로 여겼다. 전원주택에서 호사스럽게 사는 내가 당연히 베풀어야 한다고 생각했다. 친정 식구들이 텃밭의 채소들을 한 보따리씩 들고 떠나자 시댁 식구들이 들이닥쳤다. 시부모의 형제들, 친정 부모의 형제들도 연달아 찾아왔다. 모두들 밭에서 저절로 나고 자란 공짜 식품으로 오해하는 건 마찬가지였다.

남편의 회사 동료들과 내가 퇴직한 회사의 직원들도 왜 연락하지 않았느냐며 방문했다. 어차피 집들이는 치러야 할 것이었으므로 반갑게 손님을 맞았다. 오래전 친분이라 생각했던 이들도 연락해왔다. 심지어는 친한 친구의 동생의 친구처럼 일면식도 없는 가족들까지 나타났다. 각박한 도시에서 살다 보니 전원이 그리웠다는 말은 짜고 온 것처럼 한결같았다. 한번 초대했던 방문객들은 계절이 바뀌면 천연스럽게 날아와 휴일에 둥지를 틀었다. 가끔 도시의 아파트가 그리웠으나 아무도 우리 가족을 초대하겠다는 빈말은 흘리지 않았다. 그들은 기념일은 도시의 패밀리 레스토랑에서 챙기고 휴일은 전원주택에서 만끽하고 싶어 했다.

꽃씨, 햇살로 지은 밥, 낙엽 이불, 눈꽃 모자는 터무니없던 내 바람이었을까. 손님이 오지 않는 날에는 집안일과 텃밭을 가꾸는 일로 녹초가 되었다. 식탁엔 부실한 찌개와 밑반찬 두어 가지가 전부였다. 혼자 놀기에 지친 민이는 징징거리며 내 뒤를 쫓아다녔다. 볕에 그을려 까매진 피부, 마른버짐이 핀 얼굴, 습진이 생긴 손은 약을 발라도 쉬이 낫지 않았다. 식구들은 돌아가며 감기를 달고 살았다. 민이가 거실을 뛰어다녀도 성화하는 이웃은 없었지만 동네에서 이웃을 만날 일도 드물었다. 이웃들은 차를 몰고 다녔으며 운전하는 옆얼굴은 피로해 보였다. 인터폰이 있다면 그들은 내게 말을 걸어왔을까.

그 무렵, 담배를 피우기 시작했다. 내가 원했던 삶이 이게 전부였던 것처럼, 더 이상 꿈꿀 수 없는 것처럼 느껴졌다. 고작 텃밭이나 가꾸고 손님들 치다꺼리만 하려고 이사한 건 아니었다. 금세 사라지고 말 연기 속에서 나는 애써 위안을 찾았다. 그리고 주문처럼 되뇌었다. 우리에겐 근사한 전원주택이 있다고. 나는 모두가 그리워하는 지상에 마지막 남은 전원주택에 살고 있는지도 모른다고.

*

강은 남편의 고등학교 동창이었다. 강은 집들이에 온 뒤로 주말 아침마다 아내와 딸을 데리고 나타나기 시작했다. 강의 아내는 인사도 없이 욕실로 들어가버렸고 딸은 민이에게 시비를 걸었다. 남편은 강의 가족에게 문을 열어주고 강의 가족을 보살피는 데도 군소리가 없었다. 남편의 빚진 마음이 풀리면 그들의 방문 횟수도 줄어들 것이라 생각했다. 나도 남편처럼 좋은 사람이 되고 싶었다.

남편은 고등학교 때 가정 형편이 어려워 학업을 포기할 위기에 처했다. 장학 재단에서 남편의 사정을 알고 장학금을 지원했다. 재단 이사장은 자수성가한 강의 아버지였다. 이사장은 어려운 환경에서도 우수한 성적을 유지하고, 성실히 살아가는 남편을 보듬었다. 쌀과 용돈을 전달하며 불성실한 자신의 아들 강과도 자주 비교했다. 그럴 때마다 강은 남편을 따돌리고 폭력을 일삼았다. 지방 신문 기자였던 강의 삼촌이 이사장의 선행을 보도했다. 이 시대의 페스탈로치로 부추겨진 이사장은 남편을 대학 공부까지 시킬 거라며 인터뷰했다. 남편은 이사장의 배려와 강의 폭력에서 벗어나기 위해 전액 장학금을 받고 지방 국립대학에 입학했다. 이사장의 선행은 더 크게 보도되었고 강은 남편을 끈질기게 따라다녔다.

강은 동창들 집들이에서 생색을 냈다. 남편은 팔자 주름을 깊이 새기며 입가에 힘을 줄 뿐이었다. 이사장에게 받은 호의 때문에 남편은 강을 거절하지 못했다. 강이 휴대전화 대리점을 할 때는 고가의 휴대전화로 바꾸었고, 호프집을 열었을 땐 직장 동료들과 회식 장소로 이용했다. 강의 직업에 따라 우리 집에는 정수기, 전기매트, 안마기, 운동기구 등 새로운 물건이 쌓였다.

"우리 아버지가 없었으면 이 친군 여기 없었지. 어떻게 전원주택에 살 수 있겠어."

이사장은 고혈압으로 쓰러져 세상을 떴다. 유언장에는 강의 앞으로 작은 집 한 채만 상속하고 나머지는 사회에 환원하라고 써 있었다. 강은 주가 폭락과 사업 실패로 모든 것을 잃었다. 강은 집은 건재하다며 우리 집엔 쉬러 오는 거라고 둘러댔다.

"말도 마세요, 우리 아버님 정말 대단하시지. 당신 아들한테는 인색하고 남들한테는 후한 분이셨으니 말 다했죠. 세상이 이렇게 거꾸로 돌아가서야 되겠어요."

강의 아내 순주는 이 층 내 방에 짐을 부리고 부산스럽게 움직였다. 페치카 앞 흔들의자에 앉아 있는 줄 알았는데 냉장고를 뒤지고 있었고 티브이를 보는 줄 알았는데 뜰로 나가 아이처럼 뛰어다녔다. 텃밭에서 뽑아온 상추는 순식간에 동이 났다. 순주는 제 몸에 거름이라도 주려는 듯 그 많은 채소들을 먹어치웠다. 비교적 마른 체격이었는데 식성은 남달랐다.

"민이 엄마, 행복하지?"

순주는 뜬금없이 그렇게 묻곤 했다. 순주의 질문은 두 가지 의미를 내포하고 있었다. 전원주택에 살 수 있었던 건 이사장 덕분이라는 유세와 아직도 담배를 피우냐는 뜻이었다. 강의 가족이 들이닥치던 어느 날 밤, 남편이 잠든 후 나는 욕실에서 담배를 피웠다. 숨통이 트이는 것 같았다. 욕실에서 나오자 순주가 거실 소파에 몸을 말고 앉아 있었다. 순주는 답답할 땐 담배가 최고라며 비밀을 지켜주겠다고 했다. 그러고는 헛기침을 하며 냄새가 역하다고 중얼거렸다. 남편과 나는 결혼을 하면서 금연했다. 내가 다시 담배를 피운다는 걸 남편이 알게 된다면 실망하겠지만 이해해줄지도 모른다. 하지만 전원주택으로 이사 와 마냥 행복해할 거라고 믿고 있는 남편에게 어떻게 설명해야 할지, 공허한 내 마음을 잘 전달할 수 있을지 모르겠다. 그의 마음을 다치게 하고 싶지 않다. 나는 남편이 강을 내치지 못하는 이유를 알 것 같았다.

강이 떠나버린 뒤 몇 달째 아무런 연락도 없었다. 나는 강의 가족이 다시 문을 열고 들어올 것 같아 이따금씩 불안했다.

*

현관 방충망을 다시 공사했다. 들쥐가 야금야금 방충망을 뜯어 먹더니 결국 민이의 주먹이 들락거릴 정도의 구멍이 생겼다. 구석진 곳은 거미줄이 쳐져 있었다. 콩알만 한 거미들이 줄을 쳐놓고 먹이가 걸려들길 기다리는 자세는 진지했다. 나는 불현듯 화를 참을 수 없어 맨손으로 거미를 잡아 죽였다. 그래도 거미는 또 나타나 줄을 치고 먹이를 기다렸다. 거미의 종자를 말려 죽이지 않는한 거미는 계속 나타날 것이다.

전원주택을 둘러싼 돌산을 허무는 공사가 시작됐다. 이웃들을 처음 만났다. 그들은 시에 청원을 넣어야 한다며 진정서를 내밀었다. 전원주택이 더 늘어나면 이곳은 도시의 아파트와 다를 게 없었다. 전원의 느낌은 사라지고 집들만 무성한 동네가 될 것이었다. 주민들은 그들만의 세상과 휴일이 침범당하고 있다는 걸 잘 알았다. 돌산의 개발은 어쩔 수 없다는 시의 답변이 날아왔다. 흙먼지와 자동차 매연이 휴일의 공기를 떠돌아다녔다. 풀밭은 방문객들의 흔적으로 시들었다. 꽃의 머리가 댕강 잘라졌고 꿀벌은 바닥을 기어 다녔다. 손마디만 한 달팽이는 길 한복판에 납작하게 죽어 있고 자동차 바퀴 자국이 선명한 뱀, 개구리 사체가 발견되었다. 이사하는 이웃도 늘었다. 그들은 인적이 없는 농가로 숨어들거나 도시의 낡은 아파트로 스며들었다. 전원주택 주민들은 더 이상 시청을 찾지 않았다. 그들에게는 그들만의 일상이 소중했다.

텃밭을 가꾸던 어느 날, 순주를 보았다. 순주는 쏜살같이 사라졌다. 순주가 아니라 들쥐, 뱀, 멧돼지일지도 몰랐다. 또 어느 저녁엔 밖에서 인기척이 들려 남편이 살펴보았으나 아무도 없었다. 낮은 울타리를 비추는 수은등 아래 그림자가 깔리고, 집 앞을 지나는 이웃의 발걸음 소리가 들릴 때마다 강의 가족이 떠올랐다. 세 사람의 그림자만 보아도 그들이 아닐까 의심했다. 거실 통유리 창 너머로 지는 노을, 먹구름이 몰려오는 대낮의 검은 하늘, 예고 없이 단수나 단전이 될 때 문을 잠그고 불을 끈 채 욕실에서 담배를 피웠다. 몸에 밴 담배 연기처럼 그들의 존재를 떨쳐낼 수 없었다.

*

이른 초여름의 어느 주말이었다. 유모차에 민이를 태워 근처 공원으로 향했다. 남편이 서툰 솜씨로 초밥을 만들었다. 낯익은 이웃들과 눈인사만 나누었다. 집 전화를 해지했고 휴대전화 번호도 바꾸었다. 가족과 절친한 몇몇 사람들에게만 새 연락처를 일러주었다. 그들은 아쉬워하며 머지않아 초대해주기를 바랐다. 우리의 삶이 그들에게 저당 잡혀 있는 듯했지만 변명조차 내 시간을 갉아먹는 것 같아 말을 아꼈다.

"여름에 아이가 생기면…… 내년 봄에 태어나겠지?"

"봄에 태어나면 머리가 좋대."

남편이 보온병을 내 앞으로 밀었다. 보온병 뚜껑을 열었다. 재스민 향이 퍼졌다.

"커피보단 차를 마시는 게 좋겠어."

나는 남편의 배려에 스민 의미들을 읽었다. 이 층의 방들이 미래의 아이들을 위한 방이라는 걸 잊은 건 아니었다.

"그럼 민이가 지금 푹 자면 안 되겠다. 밤에 보채면 곤란할 것 같은데……."

내 말에 남편은 과장된 몸짓으로 유모차를 흔들어 잠든 민이를 깨우는 척했다. 나는 무릎을 세우고 남편과 민이를 번갈아 보았다. 이 두 남자에게는 예쁜 여자아이가 잘 어울리겠지. 올망졸망한 모빌과 분홍색 신발, 레이스로 뜬 모자와 순면 백 퍼센트 이불,

토끼 베개와 자장가가 머릿속을 떠돌았다. 이렇게 평화로운 시간이라니. 잠이 쏟아질 것 같았다.

멀리서 자동차 소리가 들렸다. 또 누군가의 집에는 낯선 발걸음이 도착했나 보았다. 민이가 엄마, 하며 잠에서 깼다. 안아달라며 팔을 뻗었다. 민이를 어르는 사이, 자동차가 우리 앞에 멈췄다. 차문이 열리고 두 사람이 내렸다.

"잘 있었어? 아우, 여긴 팔자 좋다."

순주였다. 순주가 화색을 띠며 손을 흔들었다.

"한참 찾았어. 별일 없었지? 가족들 다 무탈하시고?"

검은 보잉 선글라스를 낀 강의 얼굴은 섬뜩했다. 말쑥한 차림의 어깨에는 힘이 들어가 있었다.

"여긴 웬일인가."

남편은 자리를 정리하려는 내 손을 저지하고 침착하게 말했다.

"대리점 할 장소를 찾고 있어. 이번엔 좀 크게 해보려고."

순주가 쭈그리고 앉아 손가락으로 초밥을 집어 먹으며 말했다.

"민이 엄마, 잘 지냈지? 얼굴이 좋아 보인다. 가슴 답답한 건 풀렸어?"

순주는 또 내 목을 조이고 있었다. 담배 이야기를 꺼낼 것만 같아 식은땀이 났다. 나는 민이를 토닥였다. 민이가 얼굴을 찡그리며 다시 잠이 들었다.

"제수씨가 가슴이 답답해? 저런, 이렇게 공기 좋은 곳에서 그러면 쓰나. 당신 그것 좀 갖고 와. 요즘 내가 새로운 사업을 시작했거든."

강의 말에 순주가 차에서 상자를 꺼내왔다. 차 뒷좌석에서 누워 자고 있는 세라가 보였다.

"홍삼이야. 공복에 마셔봐. 나도 요새 이거 먹고 기력을 찾았다니까."

순주가 홍삼 엑기스를 꺼내 내 손에 쥐어주었다.

"공짜야, 공짜. 쭉 들이켜."

순주가 마음씨 좋은 언니처럼 내 손을 잡고 말했다. 순주의 입에서 군내가 났다.

"우리 세라가 아파서 말이야, 열이 있어. 밥 좀 먹이고 기운 좀 차리고 갈게."

강은 남편의 어깨를 툭툭 치고 차에 올랐다. 강의 차가 우리 집 쪽으로 움직였다.

남편이 집 앞에서 시동을 끄고 말했다.

"신경 쓸 거 없어. 저녁은 내가 차릴게. 당신은 푹 쉬어."

"어떻게 애가 아프다고 거짓말을 할 수가 있어. 금세 탄로 날 걸 정말 몰랐나."

차에서 내린 세라는 멀쩡해 보였다. 강은 마치 제집에 온 것처럼 현관 앞에서 옷을 털었다. 순주도 긴 여행에서 돌아온 것처럼 늘어지게 기지개를 켰다.

"사정이 있겠지……."

남편이 말끝을 흐렸다.

"약속해. 저 사람들이 또 자고 가겠다고 하면 쫓아버리겠다고."

"알았어, 알았어."

"내 눈을 보고 말해요. 약속한 거야? 응?"

"알았다니까."

남편은 내 눈을 피하며 건성으로 말했다. 그의 낯빛처럼 하늘이 어두워졌다. 비가 오려는지 먹구름이 몰려오고 있었다.

강의 가족과 함께 저녁을 먹었다. 선글라스를 벗은 강의 얼굴은 수척했다. 눈은 퀭하고 입술은 바짝 말라 있었다. 강은 준비해온 소주를 꺼내 마셨다. 순주는 허겁지겁 밥을 먹어치웠다.

"어이 동창, 술 한잔하지."

"난 됐어."

남편은 저녁을 먹는 둥 마는 둥 하고 티브이 앞에 앉았다. 순주는 나와 눈을 마주칠 때마다 앞니를 드러내며 웃었다. 호의인지 악의인지 구분이 되지 않았다. 나의 비밀을 다 알고 있으며 언제든 터트릴 거라는 분위기가 깔려 있었다. 순주는 밥을 먹고 나서 욕실로 들어갔다. 욕조에 물 받는 소리가 들리자 신경이 곤두섰다.

민이가 블록 장난감들을 바닥에 흩어놓았다. 세라는 블록으로 모양을 만들어 민이에게 보여주었다. 민이는 또 만들어달라고 했다. 세라는 어쩐 일인지 침착하게 민이의 청을 들어주고 블록을 만들었다.

강이 소주병을 들고 일 인용 소파에 앉았다. 담배 생각이 간절했다. 딱 한 개비만 피우면 될 것 같았다. 딱 한 개비만. 식탁을 정리하다 접시를 바닥에 떨어뜨렸다. 남편이 괜찮냐고 물었다. 나는 대답하지 않았다. 남편이 자리에서 일어났다.

"이제 그만 돌아가게."

남편이 리모컨을 들고 티브이 전원을 껐다. 남편의 차가운 목소리가 거실에 고였다. 강이 마른세수를 하며 심드렁하게 대꾸했다.

"술 좀 깨고."

"내가 시동 걸어놓지."

강의 말이 남편의 등 뒤로 쏟아졌다.

"그새 말투까지 바꿨냐. 야박하게 굴지 말고 이리 와서 앉아. 세라 엄마! 세라 엄마! 술잔 좀 가져와."

강은 다리를 뻗어 발을 테이블 위에 올려놓았다. 그 바람에 꽃을 꽂아둔 화병이 쓰러졌다. 바닥으로 물이 뚝뚝 떨어졌다. 남편이 말했다.

"지금 가지 않으면 경찰에 신고하겠어."

강은 입맛을 다시며 남편을 쳐다보았다.

"오, 이제야 조상님 말씀을 이해하겠네. 은혜를 원수로 갚는다더니……."

남편이 리모컨을 바닥에 내던졌다. 남편의 얼굴이 붉어져 있었다.

"은혜, 은혜, 은혜! 그래, 이사장님이 베풀어준 은혜, 감사하게 생각해. 지금까지 난 너에게 할 만큼 했어. 너한테 그 빚진 마음 다 갚았다고. 네 아버지를 빌미로 우리 가정을 그만 괴롭혀. 여긴, 내 집이야, 내 집!"

남편이 가슴을 치며 말했다.

"갚긴 뭘 갚아, 이 자식아. 돈 몇 푼으로 생색내지 마. 너 때문에 집 한 채밖에 못 건졌다고."

강이 야비한 웃음을 흘리며 소주병을 들자 남편이 병을 빼앗았다.

"더 이상 추해지지 말자. 이쯤에서 끝내."

"판은 네가 벌렸어, 자식아. 너라는 놈 때문에 나도 신세가 꼬였다고. 꼰대가 매일 너랑 나를 대놓고 비교하는 통에 우리 집은 조용할 날이 없었어. 내가 너 때문에 공부고 뭐고 다 때려치운 거라고."

"네 앞가림은 네가 해야지. 내가 해줄 수는 없다."

강은 코웃음을 치고는 남편 손에서 소주병을 빼앗아 마셨다. 그러고는 자리에서 일어나 남편 쪽으로 걸음을 옮기며 말했다.

"이게 내 앞가림이다. 어쩔래? 한 대 쳐봐? 때려, 자식아. 때려."

"이제 그만 돌아가!"

"가진 것 없고 몰염치한 주제에 더럽게 운이 좋았지. 살 만하니까 눈에 뵈는 게 없냐? 감히 네가 나한테 덤벼? 어디 한번 때려봐. 솜방망이로 때려봐, 겁쟁이 자식아!"

그 순간, 남편은 강의 얼굴에 주먹을 날렸다. 나는 흠칫하며 비명을 질렀다. 강의 몸이 삼 인용 소파로 떨어졌다. 거실 한쪽에서 세라와 민이가 만든 블록의 부피가 넓어지고 있었다. 세라는 강과 남편을 보며 입을 앙다물고 얼굴을 찌푸렸다.

"에이, 또 시작이다, 또. 민이야, 우리가 혼내주자."

"어떻게?"

"소방차 출동시키면 돼."

세라는 어른들의 소음에 이골이 난 듯 블록을 꿰맞춰 길을 늘렸다. 강과 남편은 소파에서 엎치락뒤치락하며 서로 주먹을 날렸다. 세라가 만든 블록의 길은 점점 길어져 소파와 가까워졌다. 세라는 민이에게 소방차를 내주었다. 민이가 블록 길 출발선에서 소방차를 출발시켰다. 매끈한 대리석 바닥 위로 소방차가 달려갔다. 사이렌이 울렸다. 애애애애앵. 애애애앵. 나는 싸움을 멈추라고 소리쳤으나 발이 떨어지지 않았다. 샤워 가운을 걸친 순주가 욕실에서 나왔다. 호들갑을 떨며 발을 동동 굴렸다. 강의 밑에 깔려 있던 남편이 힘껏 강을 밀치고 주먹을 날렸다. 강은 무게중심을 잃고 휘청거렸다. 소방차의 긴 사다리가 하늘 높이 솟아올랐다. 사이렌 소리가 집 안을 잠식했다. 강은 소방차를 피하려고 몸을 틀었다. 강의 다리가 엉겼다. 강의 손이 허방을 짚었다. 강의 머리가 쿵 소리와 함께 바닥에 떨어졌다. 강의 입에서 크억, 소리가 새어 나왔다. 소방차는 사이렌을 울리며 소파를 지나 통유리 창 앞에 멈췄다.

민이가 소방차를 가리키며 발을 내딛었다. 나는 민이를 안았다. 순주도 세라를 안고 등을 돌렸다. 정적이 흘렀다. 숨을 고르고 고개를 돌렸다. 강은 뭍으로 나온 물고기처럼 눈을 희번덕거리다 움직임을 멈추었다. 아이보리색 대리석 바닥으로 핏물이 서서히 퍼지고 있었다. 선명하고 검붉은 피였다. 우리는 지상에 마지막 남은 전원주택에 살고 있는 거라고, 우리에게 이 집은 더없이 소중하다고 나는 생각했다.

*

순주는 쓴맛이 나는 신선초를 오물거리며 내 뒤를 따라왔다. 봄

가뭄 탓에 흙은 바짝 말라 있었다. 손에 힘이 들어가 호미질은 더디었다.

"민이 엄마, 언제 오이가 열릴까? 고추랑 상추, 깻잎이 많이 열렸으면 좋겠어. 난 채소만 있으면 하루가 행복해."

순주는 앉은걸음으로 텃밭을 보듬는 나를 따라 옮겨 다녔다. 때로는 나를 앞질러 먼저 와 있었다.

"여긴 사람 사는 곳 같아. 먹을 것도 많고, 공기도 좋고."

대꾸하지 않아도 순주는 멈추지 않았다. 하루의 절반은 내게 속삭이고, 하루의 절반은 채소를 먹으며 강을 잊으려 하는 건지도 몰랐다. 무언가를 종일 씹고 있지 않으면 가슴이 터질 것 같다는 이야기. 사채업자에게 쫓겨 떠돌아야만 했던 이야기, 한곳에 정착하는 게 꿈이었다는 이야기, 이야기들.

"난 상추를 먹고 키가 훌쩍 컸어."

순주가 내 옆으로 바짝 다가와 앉았다. 순주의 발밑에 흙을 뚫고 올라오는 새싹이 짓밟혔다. 나는 그대로 두었다. 새싹은 흠집이 난 몸으로 다시 일어설 것이다.

"어렸을 때 형제들 중에 내가 제일 작았어. 어느 날 엄마가 시골에서 상추를 한 상자 가져왔어. 유난히 맛이 좋더라구. 형제들은 안 먹고 나는 열심히 먹었지. 요구르트나 우유보다 더 좋아했다니까. 정확히 일 년 만에 십 센티가 컸어. 우리 세라도 나 닮아서 채소를 많이 먹어. 그래서 또래 애들보다 더 크잖아."

이 층 내 방은 순주와 세라의 차지가 되었다. 순주는 곧 집과 직장을 알아보겠다며 짐을 풀었다. 남편은 순주에게 보상금처럼 방을 내주었다. 순주는 경찰 조사에서 강이 술에 취해 미끄러졌다고 진술했다. 남편과 싸웠다는 말은 하지 않았다. 강의 죽음은 사고로 처리되었다. 순주가 사실을 폭로할까 봐 두려웠다. 나는 살아가는 동안 익명으로 존재하는 좋은 사람이 될 수 있을까.

"민이 엄마 담배 좀 있어?"

나는 정색하며 순주를 보았다.

"난 민이 엄마가 왜 담배를 피우나 했어. 세라 아빠 그렇게 보내고 나서 나도 속이 답답해. 담배를 피우면 나아질까. 담배 정말 없어?"

그때 순주의 등 뒤로 현관 문이 열리고 남편이 나타났다.

"민이 또 울어."

남편은 짧게 말하고는 문을 소리 나게 닫고 들어갔다.

남편은 부쩍 말수가 줄었다. 회사에서 늦게 돌아오는 날도 많았다. 집에 돌아오면 방으로 숨어들었다.

나는 호미를 내려놓고 바닥에 주저앉았다. 민이의 울음소리 위로 세라가 악다구니를 쓰는 소리가 겹쳤다. 순주가 말간 얼굴로 신선초를 뽑아 씹으며 앉은걸음으로 텃밭을 옮겨 다녔다. 이웃의 전원주택은 침묵을 지키고 있다. 지난 겨우내 그들을 만나지 못했다. 그들은 모두 떠나버린 걸까. 나는 등을 돌려 내가 지나온 자리들을 바라봤다. 저기, 바로 저기, 내가 일군 텃밭을 들쥐가 종횡무진하고 있었다.

바람은 알고 있지

전화벨이 울렸다. 상우가 날렵하게 팔을 뻗어 수화기를 들었다. 혜리는 몸을 돌려 옷을 걸치지 않은 상우의 마른 어깨를 바라봤다. 상우는 프로포즈 전용 카페에서 무릎을 꿇고 청혼하며 '내 어깨에 기대'라고 했었다. 상우가 수화기를 내려놓고 혜리를 보며 씨익 웃었다.

"오늘도 가이드 하러 오래."

상우는 침대에서 일어나며 쾌재를 불렀다. 서두르는 통에 이불에 발이 걸려 침대에서 떨어졌다. 혜리가 벌떡 일어나며 말했다.

"괜찮아?"

상우가 앓는 소리를 하며 무릎을 감싸 쥐었다. 혜리가 이불을 젖히고 상우에게로 갔다. 상우가 배시시 웃었다.

"속았지? 하하하."

"다친 줄 알았잖아."

혜리는 바닥에 털썩 앉으며 상우를 살짝 밀었다. 상우의 웃는 얼굴은 꽤 오랜만이었다. 평화로운 이국의 섬이 그들에게 준 선물 같았다.

"베테랑 서비스 강사님, 강사님도 일하러 가셔야겠습니다."

"나? 나도 오래? 또?"

상우가 고개를 끄덕였다. 혜리는 양손으로 입을 가리고 웃었다.

"그거 봐. 샘은 내 능력을 인정하고 있다니까. 내가 가이드 할 때 정말 끝내줬거든. 샘이 최고라고 했다고."

상우는 대학을 졸업하고 일 년간 휴양 섬 빌리지의 상주 직원으로 일했다. 까무잡잡한 피부색은 그때 갖게 된 거라고 했다. 상우를 처음 만났을 땐 아파트 공사 현장에서 탄 거라고 했다. 아무려나, 노동으로 태운 검은 살갗은 아름답다.

"두고 봐. 우린 이 섬에서 다시 시작하는거야. 돈도 벌고, 결혼식도 올리고…… 아이도 낳고……."

상우가 말끝을 흐리고 입을 다물었다. 혜리는 상우의 말을 믿고 싶었다. 상우의 말은 타로점, 토정비결, 별자리 운세처럼 희망적이었다. 혜리가 일어나 기지개를 켰다. 상우가 혜리의 배꼽에 키스했다. 혜리가 몸을 움츠리며 자지러질 듯 웃었다.

"우리 오늘도 파이팅 하는 거야."

상우가 팔꿈치를 세우고 주먹을 쥐었다. 혜리도 주먹을 쥐어 상우의 주먹을 건드렸다.

"파이팅!"

그때 또 전화벨이 울렸다. 리조트 프런트였다. 상우는 퉁명스럽게 전화를 받고 끊었다.

"레포츠 안 한다는데도 자꾸 전화를 걸어."

그들은 리조트 숙박료와 식당 이용권을 이미 지불했다. 리조트 매니저가 무상으로 숙식을 제공할 수는 없다고 못 박았기 때문이었다.

혜리는 샤워를 하고 정장을 차려입고 머리를 틀어 올렸다. 붉은색 립스틱을 바르고 킬힐을 신었다. 처음 서비스 강사로 출근하던 때부터 붉은색 립스틱만 고집했다. 상대의 시선을 집중시키기 위해서였다.

"잘 어울린다."

상우가 킬힐을 가리키며 말했다. 십이 센티미터 굽의 황금색 킬힐은 후배 강사로부터 선물받은 거였다. 후배는 길을 떠날 땐 새 신발이 필요하다고 했다. 그러곤 농담으로 킬힐에 탑승하라고 말했다. 과연 탑승할 만한 높이였다. 원룸을 정리할 때 값이 나갈 만한 것들은 죄다 팔아치웠다. 상우는 킬힐도 팔자고 했다. 상우는 무언가를 팔고, 물건을 판 돈으로 다시 시작할 수 있다는 기분에 들떠 있는 것 같았다. 혜리는 후배의 신발 선물이 길조를 암시하는 것 같아서 팔고 싶지 않았다. 신앙심이 깊고 착실한 후배가 선물한 거라면 틀림없었다. 상우는 혜리의 말을 수긍하며 그쯤에서 포기 했다.

"참, 샘이란 친구 말야, 왜 여태 얼굴도 안 보여?"

샘이 있기는 해? 혜리는 그 말은 하지 않았다. 어묵 한 꼬치 사 먹을 돈도 없어 방바닥을 긁고 있을 때 상우는 샘에게 메일을 썼다. 샘은 인도양의 섬들을 관리하고 있다며 섬으로 오라고, 일자 리가 많다고 바로 답장했다. 샘은 섬에 도착한 이틀 전부터 전화로 만 소식을 알렸다. 경비행기를 타고 섬에 도착했을 때 공항에 마중 나온 사람도 샘이 아니라 샤리프였다. 혜리는 상우가 샘을 철석같 이 믿는 이유를 알고 있었다. 일회용 고무줄이라도 그들을 향해 뻗 어 있다면 힘껏 잡아야 했다.

"바쁘겠지. 밥부터 먹자. 서둘러."

샘은 어제오늘 아침마다 전화를 걸어와 그들에게 일자리를 주 선했다. 상우가 찾지 않아도 샘이 상우를 찾고 있었다. 내일 샘에 게 고정적인 일자리를 달라고 부탁할 것이다. 다시 비행기를 타고 돌아갈 수는 없다. 상우는 선글라스를 쓰고 디지털카메라를 목에 걸었다. 혜리는 허리를 꼿꼿하게 세우고 상우의 팔짱을 꼈다. 근사한 신혼부부로 보였다.

그들은 리조트 로비의 뷔페식당으로 갔다. 백 여개가 넘는 테이블은 거의 비어 있었다. 오픈한 지 채 두 달도 되지 않은 리조트라서 식당은 썰렁했다. 메뉴는 서른 개가 넘었지만 투숙객 수에 맞춘 듯 양은 적었다. 상우는 커피와 오믈렛, 혜리는 주스와 오믈렛을 먹었다. 식당 한쪽에는 중년의 유럽인들이 긴 테이블을 차지했다. 샤리프가 그들에게 물을 따라주며 서빙했다. 단 하루 교육 받았을 뿐인데 샤리프의 태도는 한결 부드러워졌다. 샤리프에게 볼멘소리를 하던 유럽인들도 웃고 있었다. 혜리가 손을 들어 보이자 샤리프는 입꼬리를 당겨 웃었다. 식사를 마친 후 혜리는 테이블에 팁을 놓고 일어났다. 샤리프가 리조트 뒤뜰에서 기다리겠다며 손짓했다.

스리랑카 출신인 샤리프는 안산의 공장에서 오 년간 일한 경험이 있어 한국어를 썩 잘했다. 한국을 떠나 카타르의 도하에서 한국인 관광객 가이드도 했었다. 샤리프는 오전에는 뷔페식당에서 근무하고, 나머지 시간에는 레스토랑, 마사지 숍, 키즈 클럽 등 리조트 일을 도왔다. 상우는 매니저가 샤리프를 제멋대로 부리고 있는 거라고 했다. 샤리프가 효용 가치가 떨어지면 바로 해고시킬 거라고도 했다.

상우는 한국인 신혼부부들을 인솔하여 선착장으로 향했다. 섬의 수도에서 올드 마켓 투어와 민속 마을, 시내 관광을 하는 날이었다. 혜리는 잘 다녀오라며 손을 흔들었다. 출근하는 남편을 배웅하는 기분이 어떤지 알 것 같았다. 반바지에 야자수 나무가 그려진 남방셔츠 차림의 상우가 혜리에겐 명품 슈트를 차려입은 것처럼 멋졌다. 퇴근하여 돌아올 땐 양손 가득 비싼 식료품과 두툼한 월급봉투를 갖고 올 것처럼. 다녀왔어, 하며 조여진 넥타이를 푸는 상우에게선 하루의 노고가 배어날 것이다. 혜리는 양손의 엄지와 검지를 모아 작은 하트를 만들어 보였다. 상우도 혜리처럼 손을 모았다.

그들은 결혼을 약속하고 동거를 시작했다. 삼 년의 연애 기간이 길다는 생각이 들 때 즈음이었다. 혜리는 서른세 살이었고, 상우보다 두 살 연상이었다. 혜리는 결혼을 해야겠다는 생각보다 결혼을 하고 싶지 않은 건 아니었으므로 상우의 청혼을 받아들였다. 혼자는 힘들지만 셋은 어렵고, 둘은 견딜 만했다. 혜리는 상우가 직장을 자주 옮기는 것이 마음에 걸렸다. 대학 시절부터 아르바이트 경험이 많았던 상우는 언제든, 무슨 일이든 할 수 있다는 자신감이 있었다. 사정이 생기면 미련 없이 관둘 수도 있다는 뜻이었다.

살림을 합친 후 자동차 영업 사원으로 일하던 상우는 바로 사직했다. 회사가 다국적기업으로 통합되면서 영업소가 문을 닫았다.

일은 쉽게 구할 수 없었다. 안정된 직장에 눈금을 맞추니 할 수 있는 일이 적었다. 영어가 가능하나 능통하지는 않았고, 경험은 있으나 실무에 약했다. 상우가 바라는 안정이란 매달 꼬박 나오는 월급과 국민연금, 건강보험, 고용보험, 산재보험을 지원하는 회사였다. 혜리는 대학을 졸업하고 십 년간 서비스 강사로 일했다. 지난해 봄, 성대결절로 수술을 받았다. 의사는 혜리에게 되도록 말을 하지 말라고 했다. 서비스 강사에게 말을 줄이라는 건 일을 하지 말라는 뜻이었다. 에이전시에 소속돼 있던 혜리는 곧 계약 해지를 당했다.

구직 사이트를 전전하던 상우는 혜리에게 창업하자고 했다. 프랜차이즈 분식점 설명회에 다녀온 뒤로 그것이 아니면 할 일이 없는 것처럼 버텼다. 혜리는 사업은 아무나 하는 게 아니라며 반대했다. 상우는 호재를 놓칠 수 없다는 듯 물러서지 않았다. 결국 혜리는 상우가 떠나버릴지도 모른다는 위기감에 빠져 수락했다. 직장도 없고, 벌어놓은 돈도 없는데 애인마저 없으면 더 힘들 것 같았다. 상우는 분식점이 자리 잡으면 혜리에게 넘기고 일자리를 구해 회사에 다니겠다고 호언했다. 대학에 등록한 뒤 재수 준비를 하는 것과 같은 거라고 했다. 혜리는 여전히 불안한 기색을 감추지 못했다. 상우가 혜리에게 말했다. 자기는 너무 부정적이야. 좀 더 긍정적으로 생각해봐. 그러지 않으면 우린 꿈을 이룰 수가 없다고. 상우가 말한 꿈은 이런 것이었다. 최선의 생존, 내가 번 돈으로 사는 세상. 상우는 차마 '살아가다'라는 말은 하지 못하고 '꿈'이라 에둘러 말한 것이었다.

그들은 혼인신고를 하고 월세 원룸으로 옮겼다. 분식점을 담보로 은행 대출도 받았다. 혜리는 인터넷 타로점으로 오늘의 매상을 물었다. 타로점은 생각한 대로 될 거라고 했다. 프랜차이즈 본사에서 영업 교육을 받고 재료와 레시피를 제공받았으므로 분식점 운영은 어려울 게 없었다. 포장 손님이 많아서 아르바이트 학생을 고용했다. 본사에서는 메뉴 개발 연구비를 요구했다. 터무니없는 일이라고 일언지하에 거절했다. 본사에서 회사 방침이라며 인테리어를 바꾸고 테이블을 두 개 더 늘리라고도 했다. 상우는 또 거절했다. 조리대와 다섯 개의 테이블이 꽉 찬 분식점은 의자 개수를 늘리는 것도 벅찼고 임대료와 인건비를 감당하기에도 빠듯했다. 두 달 후, 그들의 분식점과 오백 미터 떨어진 상가에 같은 회사 분식점이 개업했다. 그들의 분식점보다 더 넓고 업그레이드된 외관이었다. 그들은 백오십 일 만에 파산했고 타로점은 여전히 생각한 대로 될 거라고 대답했다.

샤리프가 리조트 뒤뜰에서 직원들을 일렬로 세워놓고 혜리를 기다렸다. 전날 혜리가 팀별로 세워놓은 순서였다. 혜리가 직원들에게 하이, 하고 인사했다. 검은 피부의 원주민들은 굿모닝, 썰이라고 인사했다. 샤리프가 자기가 가르친 거라며 자랑스럽게 말했다. 혜리는 잘했다고 샤리프를 칭찬했다. 요리사, 하우스 키퍼, 정원 관리사 등으로 구성된 스무 명의 직원은 뚱한 표정이었다.

혜리는 배에 두 손을 모으고 상체를 굽혀 인사했다. 샤리프와 직원들이 혜리를 따라했다. 혜리는 출근 삼십 분 전부터 몸과 마음을 단련해야 한다고 했다. 항상 거울을 보며 입을 풀고 입꼬리를 당겨 웃으라고 했다. 스마일! 혜리는 소리치듯 말했다. 목이 따끔거렸다. 혜리는 침을 삼키고 다시 말했다. 스마일!

"여러분, 노란 스마일 마스크를 쓰고 출근하세요. 스마일 마스크를 벗는 순간은 오직 집으로 돌아갈 때뿐입니다."

샤리프가 혜리의 말을 직원들에게 전달했다. 맨 앞줄에 서 있던 몸집이 큰 여자가 어색하게 웃었다. 거둬야 하는 식솔들 때문에 여자는 억지로 웃고 있는 게 아닐까. 이따금씩 혜리는 여기서 펑, 사라지고 싶다는 생각에 사로잡혔다. 버스를 타고 한강을 건널 때도, 마트에서 물건을 고를 때도, 집에서 문자가 올 때도 혜리는 여기서 펑, 을 외우곤 했다. 자신은 사라지고 세상은 남아 있을 것이다. 그건 왠지 서글프면서도 통쾌했다. 병에 걸렸다, 신용불량자가 되었다, 이사를 가야 한다 등의 문자메시지를 보내는 가족의 안부에 답하지 않아도, 궁리하지 않아도 되는 것이다. 언니는 이기적이라는 동생들의 문자메시지가 떠오를 때마다 혜리는 최선을 다

했다는 답장을 보내지 않은 걸 후회했다. 배려와 희생이 가족을 사랑하는 방법으로 둔갑하지 않았고, 단 한 번의 어쩔 수 없는 외면이 그동안의 배려와 희생을 덮어버린다는 걸 늦게 깨달았다. 서울을 떠날 때 혜리는 휴대전화를 해지했다. 섬에 도착하기 직전 비행기 화장실에 부러 휴대전화를 떨어뜨렸다. 더운 바람이 불었다. 혜리의 얼굴과 등줄기에서 비지땀이 흘렀다.

서비스 교육을 마치고 직원들이 해산했다. 혜리의 등 뒤에서 박수 소리가 들렸다. 매니저가 파이프 담배를 물고 박수를 치고 있었다. 몸통에 얼굴을 꽂아놓은 것처럼 매니저의 몸은 퉁퉁하고 얼굴은 그에 비해 몹시 작았다. 짙은 회색 양복에 흰색 셔츠, 초록색 아메바 무늬 넥타이, 백금 시계 등 섬에서 사는 사람 같지 않았다. 매니저는 섬의 원주민으로 프랑스 인에게 입양되어 파리에서 유학했다고 했다. 매니저가 혜리에게 흰 봉투를 내밀었다. 오늘의 일당이었다. 봉투는 전날 받은 것만큼 두툼했다. 밥을 먹고 커피를 마실 수 있는 돈이라고, 이만큼의 행복만을 바란다고 혜리는 생각했다.

"수고했소. 직원들의 제복은 어떤 거 같소? 여벌을 준비하고 있다오."

샤리프가 냉큼 달려와 통역했다. 샤리프는 매니저의 수족처럼 움직였다.

"상의는 피부색과 어울리는 베이지 컬러가 좋을 것 같아요."

"좋소. 또?"

혜리는 복도에서 손님을 만날 때 직원들도 같이 인사해야 한다고 말하려다 관뒀다. 그건 내일 수업할 내용에 넣으면 될 것이었다. 혜리는 자신이 약게 행동하는 것 같아 뿌듯했다.

"꾸준히 서비스 교육을 받아야 합니다. 장기적으로 서비스 교육을 받으면 관광객들에게도 좋은 평판을 얻을 겁니다."

매니저는 샤리프를 보며 고개를 끄덕였다.

혜리는 바다 쪽으로 걸어갔다. 모래사장에 킬힐이 푹푹 빠졌고 발에는 모래알이 묻어났다. 백사장에는 섬의 브로슈어에서 본 세일링 요트 카타마란이 우뚝 서 있었다. 푸른 열대 관목의 그늘 아래 허름한 나무 집이 있고 그 앞에 한 남자가 누워 있었다. 남자의 피부는 더 그을릴 것도 없는 것처럼 새까맸다. 평생 일한 시간보다 저렇게 누워 지낸 시간이 더 많을 것 같았다.

"선생님, 여기 있었습니까?"

샤리프가 등 뒤에서 환하게 웃고 있었다.

"저 배 타고 싶습니까, 선생님?"

혜리는 그냥 웃었다. 샤리프는 누워 있는 한 남자에게 다가가 말을 걸었다. 남자가 샤리프에게 열쇠 꾸러미를 건넸다. 샤리프가 혜리에게 열쇠를 흔들어 보이며 앞장섰다.

헤리는 카타마란에 올랐다. 선미에 두 사람이 앉을 수 있는 편편한 자리와 낚시 도구, 음료 등이 있었다. 샤리프가 능숙하게 한 손으로는 방향키를 잡고 한 손으로는 자기 몸 쪽으로 줄을 잡아당겼다. 배가 서서히 움직이며 산호색 바다의 물살을 갈랐다.

"못하는 게 없군요, 샤리프."

"쉽습니다. 내가 하면 선생님이 따라합니다. 쉽습니다."

샤리프가 방향키에서 손을 떼고 헤리에게 잡아보라고 했다. 섬에 살 거라면 카타마란 운전 정도는 배워두는 게 좋을 것 같았다. 헤리는 방향키를 잡았다.

"이 배는 바람 타고 움직입니다. 줄을 나에게로 움직이면, 바람 탑니다. 속도 빠릅니다. 줄 놓으면 돛이 느려집니다."

헤리는 샤리프의 말대로 방향키와 줄을 움직였다. 배의 속도가 느려졌다 빨라졌다 했다.

"선생님, 내가 하는 말, 한국말 알아듣습니까? 내 설명, 잘 이해합니까?"

"네. 무슨 말인지 알아요. 한국말 참 잘해요, 샤리프."

"여기, 한국 사람 많이 옵니다. 빨리빨리 많이 올 거라고 했습니다. 한국 사람 부잡니다. 돈 많아요."

샤리프가 엄지를 세워 말했다. 헤리는 자신도 돈 많은 한국인에 속하는 것처럼 애써 부정하지 않았다. 남들에게 돈이 없다고 말할 필요는 없다. 가정 형편이 어려웠으나 어렵다고 말한 적 없는 것처럼. 혜리는 친구들에게도 옹색하게 사는 자신을 들킨 적이 없었다. 누가 물어본 적 없어서 대답하지 않았다는 그럴듯한 변명을 하려는 건 아니었다. 혜리는 언제나 가족과 자신의 삶이 나아질 거라 믿었다. 후배가 킬힐을 선물했을 때 혜리는 말했다. 섬으로 떠나는데 웬 킬힐이야? 조리가 낫지 않아? 그러자 후배는, 조리요? 선배는 킬힐이죠, 하며 외려 정색했다. 직업 때문에 잘 꾸미고 다녔던 혜리의 외양을 가족들도 곡해했다. 발품 팔아 장만한 값싼 소지품들이었다. 가족들은 다 알고 있을 줄 알았다. 그것마저 다 포기해야 했을까. 모든 것을 걸고, 치부를 드러내야 마땅한 것일까. 도대체 얼마나 더 자신을 버려야 하는 걸까……. 배려와 희생은 반복의 습성만 있을 뿐 한계가 없다는 건 분명했다.

"여기 어때요? 살 만한가요?"

혜리의 질문에 샤리프가 잠시 생각하는 듯하더니 입을 열었다.

"난…… 삽니다. 여기는 스리랑카 날씨 같고, 좋습니다. 난 여기 삽니다. 가이드 합니다. 사람들, 내가 다 보여주고 구경 많이 시키고, 합니다. 한국 사람 내가 합니다."

샤리프는 만족스러운 듯 웃었다.

배가 산호색 바다의 경계를 지났다. 백사장의 나무 집이 보이지 않았다. 샤리프가 방향키를 자기 쪽으로 당겼다. 물살이 셌다. 검고 짙은 바다색이 나타났다. 멀리 큰 파도가 달려들 듯했다. 샤리프는 그 지점에서 배를 돌려야 한다며 방향키를 당겼다. 배는 유턴하여 다시 돌아왔던 곳으로 순항했다.

백사장에 도착한 혜리는 감사하다고 말한 뒤 돌아섰다. 샤리프가 큰 소리로 말했다.

"이백 불입니다. 선생님."

샤리프는 너그리운 미소를 지으며 혜리에게 손을 내밀었다. 멀리서 열쇠를 건네주었던 남자가 무릎을 세우고 샤리프를 바라봤다.

초저녁 무렵, 상우가 숙소로 돌아왔다.

"나, 왔어."

상우는 얼굴이며 피부며 까맣게 탔다. 묵직한 비닐 봉투를 테이블에 올려놓았다.

"그거 열어봐."

혜리가 봉투를 열자 비린내가 훅 끼쳤다. 혜리는 얼굴을 찡그리며 코를 막았다.

"원주민들하고 물물교환 했어. 가다랑어 말린 거래. 그걸 대패로 밀면 가쓰오부시잖아."

"뭘 줬는데?"

"내 옷."

그러고 보니 상우가 아침에 입었던 야자수 남방셔츠가 없었다.

"원주민들하고 잘 지내야지. 시내엔 박물관도 있고 대통령 궁도 있더라. 사람들이 순박하고 친절해."

상우는 신명난 듯 말했다.

"참, 샘이 기념품 가게를 인수할 거래. 마을에선 샘이 유명 인사 디라고."

"샘을 만났어?"

"아니……. 그건 아니고, 어쨌든 기념품 가게가 제법 커. 관광객 들이 아주 많았어. 십 분 동안 스무 명이 넘는 사람들이 기념품을 사더라고. 정말 대단했어. 자기는 어땠어?"

혜리가 봉투를 꺼내 상우에게 주었다.

"어제보다 적어. 리조트가 바빠서 교육 시간이 짧았어."

혜리는 상우에게 카타마란 이야기는 하지 않았다. 부주의하게 돈을 낭비한 것 때문이 아니었다. 샤리프가 한국인 관광객 가이드 를 할 거라는 말이 어떤 의미인지 알 것 같았기 때문이었다. 상우 는 오늘 받은 일당을 혜리가 준 봉투에 잘 챙겨 넣었다.

다음 날 아침, 샘에게선 연락이 없었다. 프런트에선 오늘도 레포 츠 프로그램을 알렸다. 그들은 늦은 아침을 먹으러 갔다. 뷔페식당 은 한결 산뜻한 분위기가 흘렀다. 잔잔한 음악이 흐르고 고소한 냄새가 풍겼다. 유럽인들이 모여 있는 테이블에선 기분 좋은 웃음소리가 들렸다. 샤리프가 한 남자와 이야기를 주고받았고 또 한 번의 웃음이 터졌다.

그들은 야릇한 소외감에 빠졌다. 대충 식사를 마치고 식당에서 나왔다.

"뭐할까."

상우가 혜리의 손을 잡고 로비를 지나며 말했다.

"가이드 안 해도 돼?"

"서비스 교육은 끝났어?"

혜리가 고개를 끄덕이자 상우도 고개를 끄덕였다. 그들은 샘에게서 전화가 걸려오지 않았다는 걸 알면서도 그렇게 물었고, 대답했다. 잠시 자리를 비운 사이에 연락이 있었던 건 아닌지, 깜박 잊고 얘기 안 한 건 아닌지. 아주 작은 가능성이라도 지나칠 수 없었다. 상우가 불현듯 뒤돌아 프런트로 갔다. 직원에게 샘과 연락하고 싶다고 말했다. 직원은 혜리가 가르친 대로 여유 있는 미소로 응대했다.

"샘이 누구죠? 성이 뭐죠?"

"샘. 샘이에요, 샘."

상우는 샘의 성씨가 떠오르지 않았다. 샘 브라운이었던가, 샘 맥나이트였던가.

"샘, 샘이에요."

직원은 잠깐 기다리라며 수화기를 들었다. 상우는 침이 마르고 조바심이 났다. 혜리는 야외 정원에서 기다리겠다며 자리를 비켜주었다. 상우는 혜리에게 곧 가겠다고 크게 말했다.

혜리는 오가는 관광객들과 먼 바다를 그저 바라보았다. 혜리는 심심풀이로 혼수품 목록을 작성하곤 했다. 당장 가질 수는 없지만 갖고 싶은 것을 메모하면 현실을 잊을 수 있었다. 상우가 말하는 꿈보다 더 구체적이라고 혜리는 생각했다. 혜리는 장난삼아 맨 아랫줄에 '아이' 항목을 썼다. 그리고 상우에게 필요한 살림살이와 취향을 알려달라며 목록을 내밀었다. 상우는 M전자의 LED TV, O전자의 양문형 냉장고, 흰색 드럼세탁기 등 스타일과 색상을 콕 집어 작성했다. 그런데 아이 항목이 엑스표였다. 혜리는 아이의 성별 혹은 숫자를 기대했었다. 상우는 칸이 꽉 차도록 붉은 엑스를 표시했다. 절대로 안 된다고 말하는 것 같았다. 아이를 낳아 키울 수 있는 환경이 아니라는 건 충동구매는 절대로 할 수 없다는 것과 같았다. 평화의 상징은 비둘기, 아버지는 자상하고 엄마는 살림꾼이라는 뻔한 자기소개서의 문구와 다르지 않았다.

섬에서 돈을 벌고 살림을 꾸리고 아이를 낳아 키울 수 있을까. 혜리는 먼 훗날의 그림이 될지도 모를 어느 날을 상상했다. 섬에서 태어난 아이는 물고기와 도마뱀 같은 동물을 친구로 생각할 것이다. 다양한 사람들을 만난 덕에 낯가림도 심하지 않을 것이다. 겨울옷에 대한 이해는 부족할지라도 언젠가 자신의 조국으로 돌아가고 싶어 하는 어른으로 장성할 것이다. 그리고 또 아이는 자기의 길을 찾아 떠나겠다고, 자기의 의지대로 살고 싶다고 할지도 모른다…… 혜리는 머릿속 상상이 공기 중에 떠 있는 풍선인 것처럼 먼 하늘을 바라봤다. 풍선에 매달린 가느다란 실, 그것만 잡으면 될 것 같았다.

상우가 리조트에서 나와 주위를 두리번거렸다. 혜리가 번쩍 손을 들었다. 상우가 테이블로 와 의자에 걸터앉았다.

"우리 일할 수 있어?"

"모르겠어. 샘은…… 샘이 아닌 것 같아."

"샘하고 통화한 게 아니야?"

"좀 더 기다려보자. 잘될 거야."

원룸 보증금을 털어 비행기를 탔다. 다시 돌아갈 비행기 티켓도 살 수 없다. 무엇보다 돌아간다는 건 말이 되지 않았다. 돌아가지 않기 위해 비행기를 탄 것이었다. 내일은 숙소도 비워야 한다. 혜리는 매니저를 만나봐야겠다고 생각했다. 상우가 가이드 일을 구할 때까지 일을 하면 될 것이었다. 아직 고품격 서비스 교육이 남았다. 클라이언트를 감동시켰던 자신만의 노하우를 공개하리라 결심했다.

리조트 뒤뜰을 지날 때 친근한 음성이 들렸다. 샤리프였다. 헤리는 걸음을 멈추었다. 입이 절로 벌어졌다. 샤리프를 중심으로 리조트 직원들이 인사 연습을 하고 있었다. 스마일! 샤리프가 스마일을 외치며 다음 동작을 설명했다. 샤리프의 뒤에서 매니저가 파이프 담배를 피우며 연기를 뿜었다. 스마일! 샤리프는 다시 한 번 크게 강조했다. 직원들이 활짝 웃었다.

펑. 펑. 헤리의 풍선이 터졌다. 풍선 조각이 공중으로 분해되었다. 헤리는 흩어진 풍선 조각을 찾아올 것처럼 아직 끝나지 않았다고 믿고 싶었다. 다시 돌아가고 싶지 않았다. 안락한 생활도, 결혼식도, 아이도 놓치고 싶지 않았다.

매니저가 그들을 발견하고 반갑게 손을 흔들었다. 샤리프도 헤리에게 인사했다. 관광객을 대하는 것처럼 여유로웠다.

"여행은 즐겁소?"

매니저가 느긋하게 말했다. 상우는 매니저에게 책임을 추궁할 빌미가 없었다. 헤리도 샤리프의 멱살을 잡을 수 없다는 걸 알았다. 매니저가 멀리 카지노 등 위락 시설을 짓고 있는 건축물을 바라보며 말했다.

"여긴 지상 최고의 섬이 될 거요. 난 고향에 돌아가기 위해 열심히 살았소. 나는 이 섬에 왔던 관광객들이 다시 찾을 수 있는 섬을 만들 것이오. 꼭 다시 한 번 방문해주시오."

샤리프는 매니저의 말을 통역하지 않았다. 그리고 손을 흔들며 영어로 말했다.

"Have a nice trip!"

다음 날 아침, 상우는 일찍 잠에서 깨었다. 상우는 혜리에게 원주민 마을로 가자고, 어떻게든 살 수 있을 거라고 말하고 싶었다. 혜리가 이불을 끌어당겼다. 그녀의 낮은 숨소리가 들렸다. 상우는 자리에서 일어나 잠든 혜리를 바라봤다. 어깨를 오므린 채 모로 누운 혜리는 피곤해 보였다. 얼굴은 푸석했고 미간 사이에 주름이 패었다. 며칠 사이 혜리가 늙어버린 것 같아 마음이 편치 않았다.

혜리를 처음 만나던 날이 떠올랐다. 혜리는 상우가 일하던 편의점에 목캔디를 사러 왔었다. 세련된 정장 차림이었고, 커다란 가방을 바투 멘 탓에 한쪽 어깨가 처져 있었다. 혜리는 상우와 시선을 마주치지 않고 오 백원짜리 동전을 상우의 손에 올려놓곤 했다. 혜리의 손은 어떤 날은 차가웠고, 어떤 날은 따뜻했다. 서른 개째 목캔디를 판매하던 날, 상우는 혜리에게 말을 걸었다. 그날 저녁, 맥주를 마시며 상우는 자신을 다 털어놓았다. 상우가 가족 이야기를 하자 혜리도 가족 이야기를 했다. 상우가 진로 고민을 하면 혜리도 같은 이야기를 했다. 아버지는 상우에게 사고만 치지 말라고 했다. 형제들이 크고 작은 일에 휘말려 집은 늘 소란스러웠다. 상우는 아버지를 실망시키지 않기 위해 노력했다. 그러나 상우는 자기 자신에게 먼저 실망했고, 지쳤고, 결국 아버지의 시야에서 멀어졌다.

열린 테라스 창으로 더운 바람이 불었다. 상우는 사이드 테이블 위에 펼쳐져 있는 섬 브로슈어를 집어 들었다. 에메랄드빛 라군이 뻗어 있는 사진에서 손을 멈췄다. 사진 속의 섬은 시원하고 쾌적했다. 서울을 떠날 때 상상했던 섬의 풍경이었다. 그러나 상우는 섬에서 시원한 바람을 맞은 적이 없다. 섬은 늘 축축하고 습했다. 덥고 뜨거웠다. 서울과 다를 게 없었다. 상우는 시원한 바람이 그리웠다. 그 바람이 부는 곳은 어디일까.

상우는 브로슈어를 내려놓고 혜리의 뺨을 가볍게 쓰다듬었다. 상우는 혜리의 등을 안고 누웠다. 따스한 살 내음과 땀내가 풍겼다. 봄볕에서 일을 하고 나면 이런 냄새가 나곤 했다. 상우는 혜리의 목덜미에 살짝 키스했다. 혜리가 없다면 이제는 살아갈 수 없다. 상우는 혜리의 등을 안은 팔에 힘을 주었다.

그때였다. 전화벨이 울렸다. 혜리가 번쩍 눈을 떴다. 상우가 재빨리 몸을 일으켜 수화기를 들었다.

"헬로! 샘! 샘!"

상우는 전화기에 샘이 들어가 있는 것처럼 수화기를 꼭 쥐며 침대에서 일어났다. 슬리퍼를 신고 걸음을 옮기다 전화선에 걸려 바닥에 넘어졌다. 전화기도 바닥에 떨어졌다. 상우는 팔꿈치를 세우고 일어났다. 팔꿈치와 무릎이 발갰다. 혜리는 자리에서 일어나 어기적거리며 통화하는 상우를 바라봤다. 상우는 땡큐를 연발하며 수화기를 내려놨다.

"됐어! 이제 됐어!"

샘은 원주민 마을 기념품 가게를 인수했다며 상우에게 매니저 자리를 알선했다. 상우가 두 팔을 뻗어 만세를 불렀다. 상우는 얼떨떨하게 앉아 있는 혜리를 꼭 끌어안았다.

"정말 된 거야? 맞아?"

"그럼, 되고말고!"

혜리는 그제야 상우를 껴안았다. 눈물이 날 것 같았다. 상우가 혜리를 가슴에서 떼어내고 말했다.

"우리 돈이 얼마나 있지?"

"왜? 자기가 돈 봉투 갖고 있잖아."

"그게 다지? 그러니까 비상금으로 챙겨둔 돈…… 뭐 그런 거."

"없어. 왜?"

"샘이 이천 불 정도 투자하면 배당금을 더 주겠대. 그러니까 권리금 같은 거야. 손님한테 받는 팁은 우리 몫이니까 금세 만회할 수 있어."

상우가 사이드 테이블 서랍을 열고 돈 봉투를 꺼냈다. 혜리는 입을 앙다물고 침묵을 지켰다. 상우가 동작을 멈추고 혜리에게로 왔다.

"걱정할 거 없어. 우선 오늘 숙박비를 계산하고 남은 돈으로 버텨보자. 일하면서 갚는다고 하면 돼."

"먼저 입금해야 하는 거 아니야?"

"하하하. 우리 강사님은 이렇게 배짱이 없다니까. 샘이 다 알아서 해준다고 했어. 자자, 이렇게 머뭇거릴 시간이 없어. 오늘 이 섬을 떠나면 언제 다시 올지 몰라. 한동안 일만 해야 할 테니까."

상우가 휘파람을 불며 옷을 챙겼다. 혜리도 침대에서 일어났다. 상우 말대로 투자금은 벌어서 갚으면 될 것이었다. 미리 걱정할 필요는 없다. 내일이면 새로운 곳에서 새로운 삶이 시작될 테니까.

"자, 그럼 우리 이 환상의 섬에서 마지막 날인데 뭐할까? 아니다. 우리도 신혼여행 왔다고 생각하자."

"그럼, 뭐하지? 뭐할까?"

신혼여행이란 말에 혜리는 마음이 들떴다. 자신도 남들처럼 섬을 만끽할 수 있을 것이란 생각에 다급해졌다. 잠깐 동안도 흘려보내면 안 될 것 같았다.

"레포츠 어때? 스노쿨링도 좋고 스킨 스쿠버도 좋고."

"패러세일링 하자. 열기구 타는 것처럼 하늘 높이 떠 있는 것 말야."

상우는 한달음에 레포츠 클럽에 예약했다. 그들은 수영복으로 갈아입고 비치 웨어를 걸쳤다. 선글라스를 쓰고 디지털카메라를 챙겼다. 혜리도 킬힐을 신고 거울 앞에 섰다. 어떤 신부도 부럽지 않았다.

그들은 리조트 프런트에서 하루치 숙박비를 계산했다. 샤리프가 매니저와 함께 로비를 지났다. 혜리가 샤리프를 불러 세웠다. 샤리프가 방긋 웃으며 걸음을 멈췄다.

"샤리프, 서비스 교육에 대해서 궁금한 게 있으면 오늘 다 물어봐요. 친절하게 가르쳐드리죠."

혜리는 샤리프의 대답을 기다리지 않고 돌아서서 상우의 팔짱을 꼈다.

레포츠 클럽은 리조트와 멀리 떨어져 있었다. 윈드서핑, 스킨 스쿠버 등 해양 프로그램이 진행되는 바다는 파도가 세다고 했다. 혜리는 산호 가루가 펼쳐진 백사장을 걸었다. 모래에 발이 푹푹 빠졌다. 모래가 혜리의 발을 삼키는 것만 같았다. 그래도 혜리는 킬힐을 벗지 않았다. 상우는 바다와 하늘을 카메라에 담았다. 한쪽에선 금발의 커플이 비치볼을 주거니 받거니 했다. 여자가 공을 가져오라며 소리쳤다. 남자가 공을 주워 여자를 향해 힘껏 던졌다. 여자는 비명을 지르며 피했다. 여자가 화를 내며 비치볼을 발로 차버리고 남자의 반대쪽으로 걸어갔다. 남자도 거칠게 소리를 지르고 여자의 반대쪽으로 가버렸다.

하늘이 어두워지고 먹구름이 몰려왔다. 스콜이 쏟아졌다. 그들은 비를 맞으며 레포츠 클럽으로 뛰었다. 레포츠 요원들은 파도가 세서 일정을 취소했다며 문을 닫았다.

하늘에선 뜨거운 비가 내렸다. 몸에선 연신 땀이 흐르고 몸에 붙은 모래알은 떨어지지 않았다. 이대로 돌아갈 수는 없었다. 환상의 섬에서의 마지막, 그들의 신혼여행이었다. 나중엔 웃으며 이야기할 수 있을 것이다. 추억을 쌓기 위해 몸부림쳤다고, 젊기 때문에 그럴 수 있었다고 농담하면서. 백사장을 지나던 길에 혜리는 비치볼을 보았다. 혜리가 비치볼을 집어 들었다.

"우리 이거라도 할까."

상우가 좋다며 혜리와 멀리 떨어져 바다를 등지고 섰다.

혜리가 상우에게 비치볼을 던졌다. 상우가 비치볼을 받았다. 하늘에서 천둥이 쳤다. 상우가 혜리에게 비치볼을 던졌다. 빗줄기는 점점 세졌다. 혜리의 머리를 스치고 비치볼이 모래사장에 떨어졌다. 관광객들이 비를 피해 리조트 쪽으로 뛰었다. 혜리가 상우에게 비치볼을 던졌다. 상우는 비치볼을 아슬아슬하게 놓쳤다. 비치볼이 바람에 실려 바다 쪽으로 굴렀다. 상우는 비치볼을 잡으러 뛰었다. 비치볼이 손에 닿을 듯 말 듯 했다. 상우의 발이 바닷물에 닿았다. 조금만 더 팔을 뻗으면 비치볼을 잡을 수 있을 것 같았다. 비

는 곧 멈출 것이다. 그때까지만 기다리면 된다. 상우가 힘껏 비치
볼을 향해 팔을 뻗었다. 비치볼은 수면 위에 안착하자 작은 배처
럼 움직여 상우의 손에서 멀어졌다. 상우는 중심을 잃고 바다에 엎
어졌다. 생각보다 수심이 깊었고 물살이 셌다. 그 순간, 검은 날개
를 단 커다란 파도가 상우를 덮쳤다. 혜리는 숨이 멈출 것처럼 놀
랐다. 혜리는 바다 쪽으로 뛰었다. 킬힐 한 짝이 벗겨졌다. 혜리는
나머지 한 짝도 벗어버렸다. 다시 고개를 들었을 땐 상우가 보이지
않았다. 빗줄기는 더 세졌다. 빗물 때문에 눈이 따갑고 살갗이 아
팠다. 혜리는 넋이 나간 듯 바다를 바라보며 상우를 찾았다.

"상우 씨……. 한상우!"

바다에도, 백사장에도 상우가 보이지 않았다. 상우가 보이지 않
으니 아무런 일도 없었던 것만 같았다. 조금 전에 상우와 무엇을
했는지 잘 기억이 나지 않았다. 어쩌면 상우가 또 장난을 치는 건
지도 몰랐다.

"장난치지 마……."

혜리는 중얼거리며 바다로 백사장으로 상우를 찾아 뛰었다. 레
포츠 클럽 앞 바다에 구명 튜브와, 조끼를 실은 배가 보였다. 선원
들이 혜리 쪽을 바라봤다. 바다 한가운데에서 허우적거리는 상우
가 나타났다 사라졌다. 혜리는 있는 힘껏 소리쳤다.

"헬프 미! 헬프 미! 도와주세요!"

혜리는 바다에 사람이 빠졌다고 손짓했다. 선원들이 배의 난간에 기대어 바다를 내려다봤다. 혜리는 등을 돌려 백사장을 지나는 관광객들에게도 소리쳤다. 그러면서도 상우가 어딘가에 숨어 있을 것만 같아 주위를 살폈다. 바다에서 허우적거리던 사람이 상우가 아닐지도 몰랐다. 상우가 아니라고 믿고 싶었다.

혜리는 다리에 힘이 풀려 모래사장에 주저앉았다. 목이 따끔거리고 아팠다. 입을 벌리고 말을 하려고 했지만 쉰 소리뿐 소리가 나오지 않았다. 사람들이 하나둘씩 혜리에게로 다가왔다. 금발의 여자가 혜리에게 무슨 일이냐며 말을 건넸다. 혜리는 대꾸할 수 없었다. 비치 웨어를 당겨 몸을 가릴 뿐이었다.

비가 멈췄다. 흐린 구름 사이로 빛이 쏟아졌다. 백사장은 젖어 있었지만 하늘은 맑았다. 바다는 아무 일도 없었다는 듯이 평온했다. 배에서 선원이 구명 튜브를 바다로 던지고 뛰어내렸다. 혜리를 둘러싸고 있던 사람들은 다시 그들의 자리로 돌아갔다.

혜리는 바다를 바라보며 낮게 중얼거렸다.

"거짓말이지……. 난 아무도, 아무것도 없어. 무서워, 무서워……. 빨리 나타나…… 빨리……."

백사장 한가운데에 황금색 킬힐 한 짝이 박혀 있었다.

바다에서 습하고 더운 바람이 불었다.

수
박

보라색 시폰 원피스는 몸에 잘 맞았다. 본사 디자인 팀에서 보내온 올여름 신상품이었다. 선물이야. 최 주임은 난주에게 부쩍 친근하게 대하며 원피스를 건넸었다. 냉커피와 간식을 챙겨준 것도 난주에게 공범이 되어달라는 뜻이었을까. 난주는 철제 책상 위의 컵라면을 끌어당겼다. 컵라면은 식었고 면발은 퉁퉁 불었다.

아침을 거르고 나온 터라 허겁지겁 컵라면을 뜯었다. 라면에 물을 붓던 순간 공장장이 들이닥쳤다. 후줄근하게 뒤따라 들어오던 오빠를 보고 난주는 철렁했다. 오빠는 최 주임과 옷을 빼돌려 인터넷 쇼핑몰에 팔아오다 공장장에게 덜미가 잡혔다. 공장장은 일류 재단사인 최 주임이 오빠의 꾀에 넘어간 거라고 확신했다. 물류 책임자인 오빠는 최 주임의 잠적까지 덮어썼다.

컵라면은 두 시간을 버티고서야 차지할 수 있었다. 난주는 책상에 걸터앉았다. 다리 한쪽이 절로 흔들거렸다. 젓가락으로 면발을 누르고 아슬아슬 남아 있는 국물을 들이마셨다. 비릿한 화학조미료 맛에 눈살이 찌푸려졌다. 콧잔등으로 면발이 쏟아지고 원피스 가슴 부위로 국물이 떨어졌다. 마주 보고 있는 공장장 책상에서 두루마리 휴지를 뜯었다. 난주는 콧잔등에 흘린 국물은 손등으로 대충 닦아내며 원피스 얼룩을 휴지로 톡톡 닦았다. 얼룩은 금세 두 개의 검은 점으로 자리를 잡았다. 난주는 체념한 듯 젓가락을 들고는 면을 돌돌 말아 입에 넣었다. 면발은 흐물흐물했다. 종이를 씹는 게 나을 것 같았다. 푸르르. 푸르르. 벗어둔 청바지 주머니에서 휴대전화를 꺼냈다. 오빠가 보낸 문자메시지였다. 난주는 메시지를 읽지도 않고 전원을 꺼버렸다. 문득 하품이 나왔다. 자리에서 벌떡 일어나 두 팔을 하늘 높이 뻗고 기지개를 켰다. 두 다리가 땅속 깊이 파고들어 갈 것만 같다. 두 팔이 천장을 뚫고 하늘에 닿을 수 있을 것 같다. 비루한 몸뚱이만 세상에 걸려 하늘로 솟아야 할지 땅으로 꺼져야 할지 몰라 버둥거렸다. 긴 하품의 여운을 한숨으로 마무리하며 난주는 창밖을 내다보았다. 거리는 무더웠고 더위는 언제 끝날지 알 수 없었다. 팔월의 막바지였다.

난주는 맞은편 공장장 자리에 메모를 남겼다.

'조퇴합니다. 죄송합니다.'

그 오빠에 그 동생이라고, 너도 별수 없다고 떠죽거릴지도 모른다. 오빠는 기어코 최 주임의 행방을 난주에게 찾아달라고 할 것이다. 공장장은 일류 재단사 최 주임을 포기할 수는 없다고 했다. 일은 어떻게든 마무리될 것이다. 아무렇지 않은 나날이 흘러가고 또 오빠는 처음인 것처럼 다른 일을 벌릴 것이다. 난주 혼자 고스란히 몸으로 당하고 귀로 담아야 한다. 늘 그랬다. 인쇄된 책의 활자처럼, 같은 책만 읽어야 하는 것처럼 답답하고 지루했다. 난주는 컵라면을 책상 한쪽으로 밀어냈다. 에어컨과 선풍기를 끄고 굽이 닳은 샌들을 신었다. 사무실 문을 열자 후덥지근한 열기가 똬리를 틀듯 온몸으로 감겨들었다.

수위가 부채질에 이골이 난 듯 지친 얼굴로 잠들어 있다. 발치에선 선풍기가 털털거리며 돌아간다. 시원한 바람은 어디에도 없다. 구석에서 굴러다니는 페트병은 물기가 바짝 말랐다. 폭염과 열대야로 세상에 계절은 단 하나만 남은 듯했다. 서울의 위성도시인 이곳은 의류 공장 지대로 유명하다. 옷감 쪼가리들이 눈처럼 흩날리고 실밥이 장맛비처럼 내렸다. 금세 문을 닫은 공장 건너편에 또다른 공장들이 들어서기를 반복했다. 중국 광저우와 베트남으로떠난 공장들도 부지기수다. 수없이 많은 옷들이 하루에도 몇천 벌씩 만들어졌다. 유행만 잘 읽어내면 옷은 팔렸다. 백화점에 입점하자마자 명품 브랜드로 발돋움해야 한다고 공장장은 누누이 강조했다. 재고품과 하자품은 인터넷 쇼핑몰 도매업자들이 헐값에 가져가 라벨을 떼어내고 디자인을 변형해 팔았다. 난주는 처음으로 자사 브랜드의 원피스를 입었다. 만드는 사람과 옷을 입는 사람들은 다르다. 사고를 치는 오빠와 사고 전담 처리반인 난주가 다른 것처럼. 난주는 손차양을 만들어 먼 하늘을 올려다보았다. 단단하게 뭉쳐 있는 흰 구름 너머의 하늘은 유난히 파랬다. 공기는 메마르고 대지는 버석거렸다. 바삭하게 타들어가는 플라타너스와 까칠한 수피는 드세 보였다. 난주는 원피스 얼룩을 힐끔 보았다. 한 발을 햇빛 속에 내딛었다. 발등이 타들어갈 것 같았지만 난주는 걸음을 멈추지 않았다. 멈출 수 없었다.

쉴 새 없이 땀이 났다. 더위라면 질색이었다. 손수건 한 장을 적실 정도로 땀을 흘리는 난주는 여름 한낮엔 어느 누구도 만나지 않았다. 아무에게도 땀 흘리는 모습을 보여주고 싶지 않아서였다. 가장 초라한 순간엔 여지없이 땀이 흘렀다. 뜨거운 국을 먹을 때도, 칭찬을 들어도 땀이 났다. 몸에선 늘 비가 샌다고, 난주는 생각했다. 원피스는 등에 찰싹 달라붙었다. 올케가 인심 쓰듯 건네주었던 선글라스를 거절한 게 못내 아쉽다. 난주에게 잘 어울리지 않아서가 아니라 올케에게 더 잘 어울려서 고사한 마음이 입맛을 다시게 했다. 난주는 고개를 숙였다.

아침에 올케가 들이닥쳤을 때부터 불길했다. 올케는 이제 죄책
감도 없었다. 올케 말대로 죄책감일랑 미역국에 양지머리 대신 넣
고 끓여먹은 게 분명하다. 살아야 하는데 별수 있냐는 말은 그럴듯
했다. 애 셋을 키우는 데 필요한 건 돈이 아니라 포기라고 했던가.
물욕, 식욕은 물론이고 인간의 본능도 포기해야 한다며 올케는 널
브러졌다. 간혹 올케가 하는 말은 어려웠다. 올케는 증권회사 임원
의 딸이었다. 명문 여대를 졸업한 재원이었고 얼굴이며 말솜씨며
나무랄 데가 없었다. 아버지가 갑작스러운 교통사고로 세상을 떠
나자 한동안 오빠는 방황했다. 엄마는 당신의 아들이 달라질 거라
며 기대했다. 방황을 끝낸 오빠는 이번엔 꼭 성공하겠다는 허풍으
로 아버지 목숨 값을 가로채 여대 앞에 분식집을 차렸다. 갸름한
턱과 축 처진 눈꼬리, 쌍꺼풀진 큰 눈망울 때문에 오빠는 여자들에
게 인기가 많았다. 팔다리가 길어 아무 옷이나 걸쳐도 태가 났다.
삼수생에 장수생을 거쳐도 끝내 대학에 가지 못했던 오빠는 군대
제대 후에도 빈둥거렸다. 아내라도 똑똑한 여자 얻어야 하지 않겠
느냐는 말은 농담이 아니었다. 그럭저럭 분식집을 꾸려나가는 줄
알았는데 만삭의 올케가 나타났다. 올케는 야무졌고 아이만은 포
기할 수 없다며 결혼 허락을 바랐다. 어머니가 무어라 말을 하기도

전에 올케는 눈을 똑바로 뜨고 말했다. 아이를 포기할 수 없어요. 허락해주세요. 어찌나 당찼던지 뒤에서 지켜보고 있던 난주는 박수를 칠 뻔했다. 어머니는 아이를 둘이나 더 낳았는데도 올케가 도망칠 거라고, 결국 그런 날이 올 거라고 불안해했다. 어머니는 생각 끝에, 묵직한 난주의 남편이라면 받아줄 수 있지 않겠느냐며 오빠를 떠밀었다. 올케는 오빠 팔짱을 끼고 어린 삼남매를 앞세워 난주에게로 왔다. 올케는 동네 아이들을 불러 모아 과외를 시작했고 밤이면 오빠를 기다렸다. 다세대주택에 사는 오빠는 서른 평짜리 난주네 전세 아파트에 오면 활개를 쳤다. 아이들을 데리고 저녁이나 먹자며 나타났고, 술 한잔하자며 무시로 문을 두드렸다. 급기야는 살림을 합치자며 억지를 부렸다.

공장장과 오빠가 사무실을 빠져나간 후, 난주는 올케가 오빠 일을 조금이라도 알고 있을까 싶어 전화를 걸었다. 신호음이 울리는 동안 컵라면은 점점 붙고 있었다. 손끝으로 컵라면을 건드렸다. 입이 바짝 타고 입맛도 없어졌다.

"아가씨, 나 미치겠어."

올케는 휴대전화 발신 번호가 뜨더라도 '여보세요' 하며 우아하게 전화를 받곤 했다. 학의 날개가 펼쳐지는 것처럼. 백조의 머리가 조아려지는 것처럼. 그 우아함을 흉내낸 적도 더러 있었다. 올케처럼 '여보세요' 할 때마다 학을, 백조를 떠올렸지만 상대는 늘 그런 난주를 농담으로 몰았다. '약 먹었느냐'는 빈축을 살 때는 맥이 빠지고 민망했다. 난주는 올케의 우아하지 못한 포문을 대수롭게 여기지 않았다. 간혹 학이나 백조도 물에 빠져 허우적거릴 수도 있는 것이다.

"무슨 일 있어요?"

난주는 올케에게 그 우아함을 찾아주려는 듯 나긋하게 물었다.

"나 또 임신했어. 이를 어쩌면 좋아. 이제는 못 참아. 정말 못 참아. 그 인간, 수술하라고 입이 닳도록 말했어. 나 두 번이나 중절했다고. 그런데 또야. 그게 바로 두 달 전인데, 또야, 또. 나 어떡하면 좋아. 애들 가르치는 것도 힘들고 키우는 것도 힘들고. 무엇보다 너무 창피해. 내가 무슨 암탉이야. 달걀만 낳는 암탉이냐고."

터졌다 싶었다. 올케는 옆에서 보채는 조카를 달래면서도 난주에게 할 말을 다하고 있었다. 올케는 아마도 '그날' 그런 것 같다며 콕 집어 말했다. 난주는 탁상 달력을 훑었다. 예의나 에티켓이 사라진 올케는 본능이 이끄는 대로 하루하루에 매달려 사는 그저 그런 여자가 되어버렸다. 한때 올케는 난주가 닮고 싶은 여성이었다. 달력을 넘기던 난주는 눈이 휘둥그레졌다. 다시 보고 싶은 명장면을 꼽듯이 난주는 '그날'을 떠올렸다. 난주에게도 '그날'은 달랐다. 오빠네 부부와 모처럼 마음이 맞았고 여름을 알리는 비가 종일토록 내렸다. 올케는 안줏거리들을 꾸준히 만들었다. 술도 넘쳐났다. 남편은 만취했고 '우리도 아이를 갖자'며 괴성을 질렀다. 남편의 눈가는 촉촉했다. 땀이었을까, 눈물이었을까. 오빠네 부부가 작은방으로 들어가자 남편은 난주 손을 끌고 침대로 가 난폭하게 옷을 벗기고 덤벼들었다. 남편이 성마른 사춘기 소년처럼 느껴져 난주는 더 깊이 안아주었다. 그날, 그래 그날 이후 있어야 할 것이 없었다. 올케는 임신 테스터기가 틀릴 확률은 거의 없다며 푸념했다. 난주는 달력을 보고, 또 보았다. 라면을 선뜻 먹으려 하지 않은 이유를 어렴풋이 알 것 같았다. 몸은 정직했다.

아이를 낳을 형편은 아니라고, 나중에 내 집이라도 장만하면 아이를 낳자고 남편과 약속했다. 누가 먼저랄 것도 없는 제안이었다. 남편은 콘돔이 없으면 등을 돌리고 잘지언정 함부로 난주의 몸을 열지 않았다. 가난한 집 장남만 아니었다면 남편은 뭐가 되도 될 사람이었다. 남편의 실수라면 동생들은 공부시키고 제 공부를 포기했다는 거였다. 머리가 나빠서라고 변명하는 것조차 준비해 둔 답변 같았다. 남편이 아직 부자가 아닌 건 동생들의 공부가 끝나지 않았기 때문이었다.

난주는 지갑을 챙기고 머리를 묶었다. 목덜미에서 주르륵 땀이 흘렀다. 약국 앞에 오자 쉽게 발이 떨어지지 않았다. 공장에 다닌 햇수와 달리 난주는 근처 상점들 주인과 친분이 없었다. 얼굴을 아는 정도였을 뿐 넉살 좋게 굴지 못했다. 올케는 이사 오던 날부터 상점 주인들의 주량까지 파악했다. 싹싹한 올케를 사람들은 좋아했고 난주의 일상도 새 나갔다. 사람들과 어떻게 친해져야 하는지 잘 몰랐던 난주는 곧이곧대로 일상을 밝히는 올케가 부러우면서도 위태로워 보였다. 그것은 때로 덜미가 되었다. 올케의 일상을 잘 알고 있는 상인들이었으므로 올케가 늘 하던 행동을 하지 않으면 궁금증은 따라붙게 마련이었다. 올케가 '왕언니'라고 부르는 약사에게 난주는 어떻게 말을 꺼내야 할지 망설였다. 밴드 하나만 사도 금세 올케에게 어디 다쳤느냐는 소리를 들었다. 약사는 조제실에서 꾸벅꾸벅 졸고 있었다. 오십 대 중년 여성인 약사는 남편과 이혼하고 인척도 없는 이곳에 흘러들어 왔다고 한다. 간혹 술판이 벌어진 자리에서 아들이 보고 싶다며 인사불성이 될 정도로 술을 마셨다. 다음 날이면 언제 그랬냐는 듯 겸손하게 웃는 모습이 더 안쓰럽다고 올케는 눈물 콧물을 찍었다. 난주가 임신 테스터기를 사러 왔다고 하면 약사는 금세 올케에게 말할 것이 분명했다. 말하지 말아주세요, 라고 한 것까지 토씨 하나 빠지지 않고 올케에게 전해질 터였다. 난주는 약국 문을 열었다. 서너 정거장은 더 가야 약국이 있지만 난주는 몹시 궁금했다. 배 속에 무엇이 있는 것인지 빨리 알고 싶었다.

"안녕하셨어요."

약사가 게슴츠레 눈을 뜨고 난주를 보더니 기지개를 켜며 일어섰다.

"아유, 이게 누구야. 시누이님 아니야? 점심 먹었어?"

약사는 난주의 올케라도 되는 듯 난주를 '시누이님'이라고 불렀다. 약사와 난주 사이에 올케가 있다는 뜻이기도 했다.

"오늘 같은 날엔 낮잠이 최고야. 이 맛에 장사한다니까. 참, 뭐 줄까?"

약사는 입에 군내라도 나는 듯 난주를 보자마자 수다를 쏟아냈다.

"비타민 음료 줘? 어디 상처 났니? 밴드 사간 지 얼마 안 됐잖아."

난주에게 관심도 없던 약사였다. 약사는 난주가 밴드를 산 날짜와 몇 개를 썼는지를 다 꿰고 있는 눈치였다. 올케 덕분이었다. 난주는 메슥거리는 속을 달래며 약사에게 말했다.

"아니요. 제가 아니고, 공장 친구가 있는데요, 수연이라고, 신입사원인데……."

난주는 소상하게 말할 수는 없지만 수연이가 임신 테스터기가 필요하다…… 등등의 말들을 두서없이 쏟았다. 가슴이 떨려서 청심환도 사야 할 것 같았다.

"그래요."

약사는 의외로 순순히 임신 테스터기를 건네주었다. 그러고는 입을 닫았다. 추궁하리라 예감했던 것과는 달라 난주는 조금 실망했다. 난주는 약봉지를 구겨 쥐고는 약국 문을 열었다. 약사의 시선에서 벗어나도록 길 가장자리 쪽으로 걸으며 지갑에 잔돈을 챙겼다.

상가 안쪽으로 화장실이 보였다. 퀴퀴하고 더러운 냄새가 났다. 그런 곳에서 아이를 맞이할 순 없었다. 하지만 궁금증이 먼저였다. 배 속의 무엇에게 빨리 대답하고 싶었다. 너를 오랫동안 기다렸다고. 난주는 코를 막고 화장실로 들어갔다. 아이에게 입힐 알록달록한 옷들은 손수 만들어도 될 것 같다. 천장에 매달아놓는 모빌들은 헝겊으로 하라는 지침을 주워들은 기억도 났다. 태교할 때는 바느질을 많이 하면 머리가 좋은 아이가 태어난다고 했다. 딸일까, 아들일까. 난주는 남편에게 임신 사실을 알릴 순간을 상상했다. 놀라겠지만 행복해할 것이다. 아이를 얼른 만나고 싶어 열 달을 못 기다리겠다고 보챌지도 모른다. 난주는 헐거운 걸쇠를 겨우 걸어놓고 임신 테스터기를 꺼냈다. 그리고 일이 분이 지나길 기다렸다. 바닥에 웅덩이진 물과 타일 벽에 걸린 빛바랜 좀약이 마냥 더러워 보이지는 않았다. 반질반질하게 청소라도 해놓고 싶은 심정이었다. 난주는 타일 개수를 세며 결과를 기다렸다. 마침내 바닥 끝 타일에 시선이 닿았을 때 난주는 손바닥을 펴고 테스터기를 들어보았다.

비임신.

난주는 한 세월이 흘러간 듯한 착각에 빠졌다. 조금 전 꿈꾸었던 상상들이 맞지 않는 모자이크 조각처럼 머릿속에서 튀어 나갔다. 거미줄이 쳐진 벽과 더께가 앉은 창문으로 햇살이 들어오지 못하고 있었다. 화장실에서 나올 때 난주는 암모니아 냄새 때문에 토악질이 나왔다. 아이와는 상관없는 헛구역질은 빈 터널처럼 아득했다.

난주는 서둘러 사무실로 돌아왔다. 컴퓨터를 부팅시키고 메신저 창을 열었다. 남편에게는 전화하는 것보다 메신저로 대화를 신청하는 게 더 빨랐다. 남편은 메신저에 로그인되어 있었다. 회사의 지출 경비를 아끼는 데 최선을 다하는 성실한 회계원인 남편은 한 통의 전화 요금도 아끼는 사람이었다.

– 만약 내가 아기를 가졌다면 당신은 어떻게 할거야? 아기를 낳아야겠지?

대화해도 괜찮냐고 말할 겨를도 없었다. 난주는 허둥거리고 있었다. 남편은 바로 대답하지 않았다. 업무가 바빠서가 아니었다. 만약 바쁜 일이 있다면 남편은 바쁨, 이라고 메시지를 보냈을 것이다. 남편은 무슨 일이 있는가 생각하고 있을 것이다. 남편이 입술에 힘을 주고 한숨을 내쉬는 모습이 그려졌다.

– 지금은 안 된다는 거 몰라?

- 예외라는 게 있잖아.

- 없어.

- 당신 나이도 있고.

- 우린 젊어.

- 아기, 싫어?

- 안 돼, 지금은.

난주는 메신저 창을 닫았다. 현실은 그렇지 않다고 해도 그의 위로를 받고 싶었다. 남편의 '괜찮아' 한마디면 될 것 같았다. 부풀려진 망상을, 절망을 가볍게 떨쳐낼 수 있을 것 같았다. 남편은 애써 뜨거운 피를 몰아내고 차가운 피로 수혈받는 사람인지도 몰랐다.

처음 화장을 시작했던 스무 살 여름이었다. 번번이 면접에서 떨어지던 시절이었다. 대학에 간 친구들이 연락을 해왔지만 만나지 않았다. 대학에 진학할 형편이 아니었으므로 일찌감치 공부를 포기했다. 어머니에게 너라도 공부를 해야 한다는 말은 끝내 듣지 못한 채 취직 자리를 알아보았다. 인상이 어둡네요. 자격증은 없어요?…… 같은 질문들에 맥없이 고개를 숙이던 나날이었다. 모처럼 일 차 면접을 통과했다는 연락을 받고 간 회사의 부장은 소상하게 근무지를 알려주었다. 대형 마트 앞에서 판촉 행사를 하는 거라고 했다. 부장은 난주를 배웅하겠다며 엘리베이터에 동행했다. 부장이 엉덩이를 툭툭 건드리고 노골적으로 가슴을 쳐다보았지만 난주는 아무것도 할 수 없었다. 어깨를 움츠려봤자 가슴은 작아지지 않았고 엉덩이는 들어가지 않았다. 그래도 그렇게 물러서기엔 너무 억울했다. 엘리베이터가 이 층을 지날 때 난주는 제 몸에 밀착해오던 부장을 밀어냈다. 엘리베이터 문이 열리자마자 난주는 냅다 뛰었다. 친구에게 빌린 하이힐은 난주의 발목을 넘어뜨렸다. 부장이 머리채라도 잡을까 봐 하이힐을 들고 뛰었다. 절뚝거리며 버스 정류장까지 가는 동안 또 면접에 떨어졌다는 자괴감을 떨칠 수 없었다. 조금 참을 걸 그랬나 하는 마음일랑 아주 나중에 꺼낸 아쉬움이었다. 버스가 도착하자 난주는 종종걸음으로 달려가 버스에 올라탔다. 절뚝이는 다리를 끌고 가다 버스 하차 계단쯤에서 넘어지고 말았다. 부끄러움이 가시지 않은 앳된 나이였다. 이마에서, 등에서 온통 땀구멍이 벌어져 땀이 났다. 아픈 것도 모른 채 벌떡 일어나 뒷자리로 가 앉는다는 것이 그만 한 남자의 무릎에 앉고 말았다. 당황스러움과 부끄러움에 눈을 뜨고 있는 이 순간이 고통스러웠다. 남자에게 고개를 조아리고 사과한 후 맨 뒷자리에 앉을 수 있었다. 울컥 눈물이 나기 시작했다. 입술을 깨물어도, 눈을 감아도 눈물은 멈추지 않았다. 누군가 휴지를 내밀었다. 난주가 무릎에 앉아 실례했던 그 남자였다. 난주는 휴지를 거절하지 않았다. 휴지로 땀을 닦고 눈물을 닦았다. 창피한 것도 없었다. 남자가 지켜보든 아니든 아무것도 상관없었다. 그 남자가 남편 자리로 앉게 된 건 그날로부터 석 달 후였다.

*

거리는 황량했다. 사람들은 더위에 스며들어 더운 공기를 내뿜고 있는 것일까. 여러 사람이 난주를 향해 입김을 토해내는 것처럼 숨이 턱 막혀왔다. 보라색 시폰 원피스는 하늘거렸다. 올케와 가족처럼 지내는 상점 주인들은 코빼기 하나 보이지 않았다. 문이 닫힌 상점들 밖에는 에어컨 실외기가 쉼 없이 돌아갔다. 날씨만 좋았다면 대낮에 거리를 활보하는 난주를 그냥 보아 넘길 사람들이 아니었다. 귀밑에서 흐른 땀이 턱에 고여 있다 뚝 떨어졌다. 원피스에 얼룩진 그 자리였다.

문을 연 지 한 달 된 과일 가게만 새시 문을 열어놓고 있었다. 갈색 천막 지붕에 흰색 페인트로 쓴 '싱싱과일' 간판은 싱싱함과는 거리가 멀어 보였다. 알에서 튀어나와 놀란 닭의 캐리커처가 그려진 치킨집과 제과점의 깔끔한 네온 간판과도 어울리지 않았다. 주인은 과일들을 진열해놓고 우두커니 앉아 신문을 들여다보고 있었다. 천막 한 귀퉁이가 뜯어져 한 줄기 빛이 남자의 발아래 곧게 내리쬐고 있었다. 남자는 빛을 밟지 않으려는 것처럼 두 다리를 벌리고 있었고, 목에는 흰 수건, 손에는 목장갑, 머리엔 벙거지 모자를 눌러썼다. 남자의 땀샘은 막혀 있을지도 모른다. 가난하고 누추한 리듬의 땀방울이 남자에게는 없다. 남자에게 과일은 노동의 가치가 아니라 한여름의 지루함을 이겨야 하는 고독의 건널목처럼 보였다. 가락동에서 도매업을 하던 남자는 동업자가 배신하는 바람에 파산했다. 아내가 바람이 나 파산했다 등등의 소문만 무성했다. 난주는 이곳에 오기 전까지 남자가 고심했을 선택, 어쩔 수 없는 선택에 연민을 느꼈다. 남자는 마치 과일과 함께 남겨진 것처럼 보였다. 남자는 난주를 쳐다보지도 않았고, 미동도 하지 않았다. 수박, 참외, 자두, 포도에 파리 떼들이 앉았다 날아갔다. 올해는 수박을 한 번도 먹지 않았다. 수박 한 덩어리면 남편과 둘이 한여름 내내 먹고도 남았다. 딱 절반이면 되었다. 남편은 절반이 남아서 수박 사기를 꺼렸다. 고작 수박 반 통 때문에 맛도 못 보고 여름을 보내곤 했다. 난주는 남자에게 물었다. 반쪽이 남아 썩어 문드러져도 올케한테는 주지 않으리라 결심하면서.

"수박 얼마예요?"

"만오천 원입니다."

남자는 신문에 얼굴을 묻은 채 말했다.

"싱싱해요?"

"꼭지 보면 알지요. 시원한 건 냉장고에 있습니다."

난주는 상냥하게 말하려 애썼다. 이 남자와는 안면을 트고 지내야겠다는 생각이 들었다. 올케보다 한발 앞서 친해지고, 더 많이 친해지리라 마음먹었다. 침을 한 번 삼키고 크게 말했다.

"날씨가 덥지요?"

올케라면, 이렇게 말했을 것이다. 날씨가 덥지요? 사이다에 얼음 동동 띄워 마시면 죽이는데. 난주는 만 원짜리 두 장을 건네며 호들갑스럽게 손부채질을 해 보였다.

"잔돈 없소?"

남자는 난주의 말은 귓등으로 흘리며 무뚝뚝하게 말했다.

난주는 얼굴이 벌게진 채 지갑을 열었다. 주인은 돈을 받아 금고에 넣고 다시 신문을 들었다. 난주의 등 뒤로 에어컨 실외기가 힘차게 돌아갔다.

난주는 수박을 들고 터벅터벅 걸었다. 공중전화 부스가 보였다. 이 동네에 유일하게 남은 공중전화였다. 공중전화에는 백 원이 남아 있었다. 철제 바닥에 한 걸음 올려놓자 카펫을 밟은 것처럼 포근했다. 난주는 백 원짜리 동전을 몇 개 넣고 그저 떠오르는 대로 전화번호를 꾹꾹 눌렀다. 엄마 목소리가 가까이에서 들렸다.

"엄마, 나야."

"어, 별일 없니?"

"마실 안 갔어?"

난주는 집으로 가는 길을 떠올렸다. 택시를 타고 시외버스 터미

널까지는 삼십 분, 커피라도 한 잔 마시면 시외버스 승차 시간이 될 터이고, 늦어도 저녁에는 집에 도착할 수 있다. 덜 시원하면 어 떠랴. 엄마와 함께 나눠 먹는 것만으로도 맛이 좋을 텐데. 난주는 동전을 한 개 더 넣었다.

"마실은 무슨. 내가 오래 살긴 살았나 봐. 아주 별꼴을 다 보고 산다, 요새. 우리 옆집, 숙이네가 청상으로 삼십 년 살았잖아. 늦 복이 터져서 띠동갑 연하한테 프로포즈 받았단다. 이게 무슨 일이 래니? 날이 더워서 그 연하 놈이 제정신이 아닌가 봐. 그 여편네만 그러면 내 이러지도 않아. 정 미용실 있잖아. 글쎄 그 집 딸이 무슨 의상 공모전에서 턱하니 큰 상을 받아와서 유럽 여행을 간다는 거 야. 어휴, 내 팔자야. 남편 복 없는 년이 자식 복은 있을까. 그건 그 렇고 너 돈 좀 가진 거 있니? 친목계에서 중국 여행 간다는데 말이 지……."

엄마는 어김없이 돈타령을 시작했다. 엄마는 세상의 모든 귀가 엄마를 향해 열려 있기를 바랐다. 세상과 자식이 많이 사랑해주지 않아 엄마는 늘 슬픈 사람이었다. 마지막 동전을 넣을 때까지 엄마 의 이야기는 끝나지 않았다. 집에 가긴 글렀다.

수박을 들고 난주는 버스 정류장으로 갔다. 수박은 꽤 무거웠다. 어디로 가야할지 알 수 없었다. 건너편 정류장에는 푸짐한 보따리 두어 개를 부리고 있는 허리 굽은 노파가 서 있었다. 저기에서 버스를 타면 신세계로 가게 될까. 서울이 있고 빌딩이 있고 휘황한 전광판 광고가 법석이는 그곳에 가면 어떨까. 아주 높은 곳에 올라 빌딩 숲을 향해 야호 하고 외쳐도 메아리는 들려오지 않을 것 같은, 그곳에 가면 어떨까. 예전과 달라진 게 아무것도 없다고 고백하고 싶다. 그래도 빌딩은 점점 늘어나고 높이 올라가고 있다며 부럽다 말하고 싶다…… . 난수는 어떤 버스를 타건 종점에서 내리겠다고 생각했다. 동네를 지나는 버스 노선은 뻔했다. 터미널이거나 기차역이었다. 버스가 갓 태어난 애벌레처럼 천천히 난주 앞에 섰다. 버스의 종점은 터미널이었다. 뒷좌석에는 대학생으로 보이는 무리들이 앉아 있었다. 대형 마트 비닐 쇼핑백에는 라면, 통조림, 맥주로 가득 찼다. 바닷가로 여행을 가는 모양이었다. 그들의 기분을 맞춰주듯 라디오에선 신 나는 노래들이 흘러나왔다.

와우, 여름이다. 이게 뭐야 이 여름에. 방 안에만 처박혀 있어.
안 되겠어 우리 이제 이쯤에서 헤어져버려…… . 빨리 떠나자. 야
이야야야 바다로…… 그동안의 아픔들 모두 다 던져버리게…… .

대학생들은 이따금씩 후렴 구를 따라 불렀다. 앞 좌석의 노인은 넘어질 듯 졸고 있고, 머리가 비죽 솟은 파마머리 아줌마는 휴대전화를 붙들고 수다 삼매경에 빠졌다. 노래와 아줌마의 수다와 학생

들의 웃음소리가 절묘하게 섞였다 흩어졌다. 모두들 공평하게 공기의 지분을 가지고 있는 것처럼. 난주는 버스 창문에 붙어 있는 죽은 벌레를 말끄러미 바라보았다. 버스 창에 희미하게 얼굴이 비칠 때마다 입술에 침을 발랐다. 난주는 머리를 쓸어 넘기고 고무줄로 팽팽하게 머리를 묶었다.

터미널 대합실에서 난주는 수박을 내려놓고 노선표를 훑었다. 가야 할 곳이 아주 많거나 아주 없었다. C역을 발견했을 때 난주는 망설일 것 없이 창구로 향했다. 두 시간 후면 C역에 도착할 터였다.

C역은 난주와 남편이 사랑을 맹세한 곳이었다. 스무 살 난주는, 아무에게도 말하지 않고 새벽에 가방 하나 들고 집을 나왔다. 남편이 C역에 도착하는 티켓을 끊어주었다. 남편은 꽤 낭만적이었으나 책임감에서는 벗어나고 싶어 했다. 난주에게 함께 살 의향이 있으면 C역으로 오라고 했다. 오지 않는다고 해도 좋은 추억으로 기억하겠다며 진지하게 말했다. 삼 개월의 교제 기간이면 충분했다. 남편을 사랑했고 남편의 편안함이 좋았다. 다만 남편은 끝까지 난주의 선택에 대해 책임감을 부여했다. 어쩐지 그건 억울했다. 나만 믿어. 다 잘될 거야…… 같은 말은 듣지 못하더라도 말이다. C역에 내렸을 때, 남편은 꽃다발 대신 국밥을 사줬다. 그리고 남편이 살고 있던 자취방으로 가 형광등 아래에서 사랑의 서약을 했다. 짧

은 입맞춤과 깊은 키스. 남편은 서두르지 않았다. 난주가 옷을 벗을 때까지, 반듯하게 누울 때까지 기다렸다. 그 또한 난주의 선택에서 비롯되길 바랐다. 사랑이란 책임감으로 이뤄지는 것임을 남편에게서 배웠다. 책임감이 없다면 그건 사랑이 아닐지도 몰랐다. 남편의 블록이 난주의 몸으로 들어오던 순간 난주는 이제 세상의 평화는 다 깨졌다고 생각했다. 그동안 난주를 괴롭혀왔던 것이 '처녀'였던 것 같은 착각에 빠졌다. 난주는 이제 마음껏 사랑하고, 아무하고나 사랑할 수 있을 것 같았다.

*

C역은 변한 것이 없었다. 팔 년 전이 바로 어제였던 것처럼 난주는 C역의 모든 것이 익숙했다. 칠이 벗겨진 대합실 의자며, 순해 보이는 매점 아가씨도 늙지 않았다.

원피스에선 시큼한 땀내가 풍겼다. 산속으로 들어가자 더위가 한풀 꺾인 느낌이었다. 서늘한 바람이 등을 밀었다. 초록은 선명했고 성급한 나무들은 발갛거나 노랗게 익어가고 있었다. 쑥부쟁이와 개망초가 군락을 이루고 하루살이 떼는 와글와글 공기를 맴돌았다. 수박은 점점 더 무겁게 느껴졌다. 손가락 마디가 발갰다. 난주는 바짝 힘을 내 걸었다. 조금만 더 가면 거기에 갈 수 있다.

남편과 첫날밤을 보낸 다음 날 아침, 난주는 사찰 이정표를 보았다. 남편은 일자리를 알아보는 게 더 급하다며 나중에 가자고 했다. 난주는 조금 보챘다. 왠지 조금만 더 조르면 청을 들어줄 것 같았다. 난주는 막무가내로 청하거나 보챌 수 있는 지원군이 남편이길 바랐다. 엄마도, 오빠도 해주지 않았던 역할을 남편이 해주길 바랐다. 그러나 남편은 단호했다. 무서운 얼굴로 난주의 턱을 잡고 말했다. 어린아이처럼 굴면 안 돼. C역을 떠날 때까지 난주는 사찰을 멀리서 바라볼 뿐 갈 수 없었다. 혼자라도 가고 싶었지만 틈이 없었다. 일과 키스의 기억이 다였다. 그 시절, 피임 기구를 사용하지 않았는데도 임신이 되지 않았다는 건 사찰이 가까워졌을 때 알았다.

"거, 수박 맛나게 생겼네."

난주는 고개를 돌렸다. 머리가 허연 노파가 평상에 앉아 마늘을 까며 멋쩍은 듯 웃고 있었다. 노파의 머리 위로 '파전, 막걸리'라고 적힌 나무 간판이 힘없이 흔들렸다. 널어놓은 좌판에는 조악한 기념품과 불교 용품이 가지런했다.

"절에 갖고 가봤자 소용없소. 부처님이 드시는 건 한 번도 못 봤다니까."

난주는 멀리 일주문을 바라보았다. 조금 쉬었다 일주문을 넘어도 좋을 듯했다. 난주는 노파 쪽으로 다가갔다.

"수박 좀 먹을 수 있을까요."

난주는 자기가 뱉은 말을 되뇌었다. 낯선 노파와 수박이라니. 수박이 무겁기도 했고 더 이상 걸을 자신도 없었다. 바로 저 앞에 목적지가 있어 부리는 여유인지도 몰랐다.

"바라던 바요."

노파는 난주를 쳐다보지도 않고 수박을 들고 가게 안으로 들어갔다. 노파는 수박을 여러 조각으로 쪼개어 들고 나왔다.

"잡수세요."

"드시구랴."

난주와 노파는 시합이라도 하듯 수박에 얼굴을 묻고 먹어치우기 시작했다. 수박은 달고 시원했다. 막 냉장고에서 꺼내온 것처럼 차가웠다. 폭염을 통과해온 수박이라고는 믿기지 않았다. 수박 대여섯 조각을 먹었을 때쯤 난주는 나른해졌다. 하품이 나오려는 걸 간신히 참았다.

"껍질은 짙은 초록에, 속살은 새빨갛고. 이래서 맛이 좋았나벼."

"파전이랑 막걸리 좀 주세요."

난주는 출출했다. 노파는 수박을 한 손에 들고 고개를 끄덕이며 신발을 꿰어 신었다. 나무로 만든 조리대와 한 칸짜리 싱크대, 패널이 우그러진 냉장고가 벽면을 차지하고 있었다. 두 개의 플라스틱 테이블과 의자에는 손때가 묻어 있고, 조리대 뒤로 발이 쳐 있는 동굴 같은 방이 보였다. 네모지고 단단해 보이는 목침과 두툼한 이부자리. 손때 묻은 노파의 물건은 평온해 보였다. 잠시 후, 노파가 따끈한 파전과 막걸리를 들고 나왔다. 접시 테두리에 기름기 하나 없이 정갈했다.

"잡숴보슈. 내가 파전 부치는 덴 이골이 난 선수야."

난주는 젓가락으로 파전을 찢어 한입에 넣었다. 술도 단숨에 비웠다. 노파가 술잔을 채웠다. 난주는 또 한 잔을 마셨다.

"내 이름은 청연이라우. 난 저기 살았던 사람이거든."

노파는 일주문 너머를 흘깃 바라보고는 마늘 소쿠리를 끌어당겼다. 회색 빛깔의 옷인 줄 알았는데 자세히 보니 승복을 고쳐 입은 티가 났다.

"때 되면 밥 주지, 내가 하고 싶은 공부하지, 아주 호시절이었지. 그놈만 안 나타났어도 이리되진 않았을 거야. 제일 무서운 게 정이라잖어. 한 뼘만 넘을 생각이었는데 몸뚱이까지 넘어가버린 거지, 뭐."

노파는 난주의 빈 잔을 채워주며 말을 이었다. 수박 껍질에 하루살이가 몰려들었다 흩어졌다. 난주가 마지막 수박 조각을 집어 한입 베었다. 혀 끝으로 씨를 골랐다. 씨는 혀에 달라붙어 잘 떨어지지 않았다. 난주는 귀찮은 생각에 수박씨를 삼켰다. 노파가 난주의 무릎을 툭 치며 말했다.

"수박씨는 꼭 뱉어내야 돼. 가슴에 담고 있으면 안에서 수박이 열린다고. 씨가 있다고 수박을 안 먹으면 미련한 거지. 씨앗은 뱉으면 돼. 그냥 툭, 툭……."

노파는 혀를 말아 씨를 뱉는 시늉을 해 보였다. 난주도 노파를 따라 바닥에 씨를 뱉었다. 가슴에서 무엇인가 방울이 터져 나가는 것 같았다. 난주는 씨를 뱉기 위해 수박을 베어 문 것처럼 바닥에 툭, 툭 씨를 뱉었다. 난주를 바라보던 노파가 말을 이었다.

"내가 소싯적에 수박을 참 싫어했어. 울 엄니가 밭에서 수박을 따면 나한테만 가지고 가라고 시켰거든. 나는 안 먹을 테니 안 갖고 간다고 버둥거렸지. 그랬더니 엄니가 수박을 반으로 갈라서는 아우랑 나한테 나눠주더라고. 수박을 나눠 드니까 좀 들 만했어. 수박이란 넘이 그래. 겉만 보면 이게 무겁기만 하고 무슨 꿍꿍이 속을 갖고 있는지 알 수 없어. 이렇게 속이 빨갛고 단맛이 있을 거란 상상이 잘 안 되지."

어둑어둑한 숲에서 쓰르라미가 사력을 다해 울었다. 원추리와 금계국, 하늘말나리가 녹음에 취해 힘없이 흔들렸다. 난주는 입을 반쯤 벌리고, 손으로 입을 가린 채 하품했다. 하품이 다시 또 새어 나왔다. 난주는 노파에게서 등을 돌려 입을 벌리고 힘껏 하품을 했다. 눈물이 주루룩 뺨으로 흘렀다. 그리고 다시 난주는 힘껏 입을 벌렸다. 긴 하품이었다. 스르르 눈이 감겼다. 난주는 평상 한쪽에 몸을 말고 누웠다. 노파가 난주의 머리에 목침을 디밀었다. 노파는 하루살이 떼를 쫓으며 수박 껍질을 치웠다. 난주의 낮게 코고는 소리가 오솔길로 퍼졌다. 보라색 시폰 원피스가 해거름에 거뭇하게 보였다.

우리들의 한글 나라

유아용 한글 카드다. 콘크리트 칸막이 기둥마다 붙어 있는 네모난 카드는 한글을 배우기 시작한 아이들에게 필요한 물품이다. 엽서 크기만 한 카드 왼쪽에는 굵은 명조체로 '가'가 써 있고, 그 옆에는 가위가 그려져 있다. 글자의 첫머리에 해당하는 단어와 연상되는 그림이 짝지어 있는, 유아용 한글 학습 카드가 분명하다. 투명 테이프로 반듯하게 붙여놓은 걸로 보아 누군가 한글 공부를 하나 보다. 어둑한 오피스텔 주차장에서 한글을 공부하는 사람은 누굴까. 글자만 보면 솔깃해지는 내게 한글 카드는 묘한 호기심을 일으킨다. '가'를 지나고 '나' '다'를 지나 '라' '마' 앞에서 후진을 하여 자동차를 주차시킨다. '가' 쪽에서 발걸음 소리가 들려온다. 일정한 간격과 박자, 웅얼거리는 음성, 소리가 들리는 쪽으로 고개를 내밀어 바라본다. 어렴풋한 형체가 색으로 먼저 눈에 띈다. 푸른색 상의와 갈색 하의, 청소원 복장의 여자다. 나는 운전석에 등을 밀착시킨다. 여자와 나의 거리에는 자동차 일곱 대를 주차할 수 있는 공간이 있다. 여자는 기둥에 붙여놓은 한글 카드를 떼어내며 카드에 적혀 있는 글자를 소리 내어 읽는다. 여자의 한국어는 어설프다. 하지만 여자의 억양에는 최선을 다하려는 의지가 들어 있다. 여자는 여러 번 크게 소리 내어 '마' 카드에 써 있는 '마술'을 읽는다. 마수, 머슬, 마슬로 발음하다 가까스로 '마술'이라 말하고는 '바람'으로, '사과'로, '아가'로 이동한다. 여자가 카드를 다 떼어낸 뒤 콘크리트 기둥 뒤로 사라진다. 웅얼거리는 소리도 멀어진다. 운전석에 얼굴을 파묻는다. 얕은 한숨이 새어 나온다.

"아, 마샤? 그 여자 이름이야. 나이는 한 스물넷쯤. 미니슈퍼 아줌마한테 들었어. 꽤 친절하고 유능하대. 남의 나라에 와 있어서 그렇지, 자기네 나라에선 선생님이었다나 봐. 왜 그런 경우 많잖아. 우리나라 사람들이 깔보고 함부로 해도 자기네 나라에선 한자리했던 치들이 돈 벌러 오는 거잖아. 그런데 넌 주차장에서 그걸 다 지켜본 거야?"

샤워를 마친 정연이 젖은 머리의 물기를 털어내며 침대에 걸터앉았다. 뉴스에서 고용주에게 억울하게 임금 체불을 당하고 핍박

받는 이주 노동자들을 보면 안됐다는 생각은 했지만 막상 가까운 곳에 있는 그 여자를 봤을 땐 아무런 느낌이 없었다. 외려 나는 여자가 불편하다. 까만 피부에 덩그마니 쌍꺼풀진 큰 눈은 경계심으로 가득했다. 눈을 맞추지 못하고 시선을 피할 때면 의뭉스러워 보였다. 마샤라는 이름과 어울리지 않는 외모였다. 이름이야 아무려면 어떤가. 주차장에서 홀로 한글 공부를 하는 걸 보니 한국어 강사라도 하려는 걸까.

언젠가 광화문에서 까만 피부의 남자가 나를 쫓아온 적이 있다. 버스에서 내리려는 찰나였다. 남자는 함께 서 있던 사람들에게 서툰 우리말로 '여기가 광화문 맞습니까?' 하고 물었다. 남자와 가까이 서 있던 나는 얼떨결에 고개를 끄덕여주었다. 버스에서 내려 우산을 폈다. 가을비였다. 남자가 말을 걸어왔다. 남자는 빗물에 아랑곳하지 않았다. 내게 간절히 어떤 말을 하고 싶어 하는 눈치였다. 나는 우산을 남자 쪽으로 기울였다. 남자가 내 우산 속으로 성큼 들어왔다. 남자는 대뜸 고맙다는 말 대신 시간이 있느냐고 물었다. 어쩐지 기분이 나빴다. 빗물에 젖은 남자의 까만 피부에선 꿉꿉한 냄새가 나는 것 같았다. 시간이 없다고 말하자 남자는 기다리겠다고 했다. 나는 상관하지 않고 거래처 사무실로 향했다. 두어 시간쯤 지났을까. 일을 보고 나오는데 불쑥 남자가 내 앞을 가로막았다. 정확히 두 시간 삼십 분이 지났다고 남자가 말했다.

나는 남자와 근처 카페에 들어갔다. 자세히 보니 까만 피부도 매력적으로 보였다. 남자가 내 이름과 직업을 물었다. 나는 고분고분하게 말해주었다. 남자는 커피를 마신 후 영어는 잘하느냐고 물었다. 간단한 회화 말고는 영어를 못 한다고 했다. 남자는 자신이 한글을 공부하기 위해 각종 한국 방송과 책들을 섭렵했다며 어깨를 으쓱해 보였다. 나는 빙긋 웃었다. 남자가 갑자기 테이블을 탁 내리쳤다. 왜 영어 공부를 하지 않느냐고 말했다. 당황스러웠다. 한 개 정도의 외국어는 할 줄 알아야 한다며 남자는 간절한 표정으로 말했다. 나는 사무실 호출이 와서 일어나야겠다고 말했다. 갑자기 남자는 일어서려던 나를 제지하며 대뜸 자신이 나의 영어 선생님이 되어주겠다고 했다. 그러고는 명함을 내밀었다. 명함에는 '프리 토킹, 완벽한 원어민 발음, 전화로 영어 통화 수시 가능'이 적혀 있었다. 두 시간 동안 고객을 기다린 남자는 덧붙여 이렇게 말했다.

"싸게, 싸게 해드려요!"

나는 선풍기 앞에서 땀을 식힌다. 주차장에서 송 선배가 거절한 내 폰트에 대해 절망하고 있었다는 말은 하고 싶지 않다. 정연의 컴퓨터를 올려다본다. 정연은 웹 폰트 작업 중인 컴퓨터를 꺼버린다.

"전기세 생각도 못하고 있었다. 미안."

전깃세 때문이 아니라 내가 모방할까 두려워서라는 걸 나는 안다. 말을 삼키듯 선풍기 풍향을 한 단계 높인다. 미니홈피에서 정연이 단독 개발한 한글은 잘 팔린다. 벌써 두 번째 한글 폰트를 개발 중이다. 내 폰트는 언제쯤 세상에 나올까. 정연이 슬그머니 다가와 선풍기 풍향을 낮춘다.

"마샤가 재활용 창고 운영한대. 누구한테 무엇이 필요한지 알아 뒀다가 가져다준대. 덕분에 오피스텔 사장이 구의원 나올 때 도움 도 되고 해서 계속 봐둔다나 봐. 매트리스 하나 부탁했어. 번갈아 가며 침대에서 자는 거 좀 불편하지 않니? 미니슈퍼 아줌마한테 부탁했는데 어떻게 됐는지 모르겠다."

선풍기를 정연에게 내어주고 땀에 절은 티셔츠를 벗는다. 장미 꽃 피는 계절인데 날씨는 초여름이다. 앙가슴 사이로 땀이 흘러내 린다. 화장대에서 머리 끈을 집어 긴 머리를 틀어 올려 묶는다. 정 연은 머리의 물기를 떠는 데 집중한다. 내가 옷을 입을 때까지 정 연은 그러고 있을 게 분명하다. 이 년째 같이 살면서 정연은 자신 의 속살을, 속마음을 쉽게 내비치지 않는다. 우리 우정은 미니슈 퍼 아줌마와의 친분보다 못하다. 제 것을 드러내면 내가 움켜쥐기 라도 할까 봐 정연은 조심, 또 조심한다. 내가 벌거벗고 돌아다니 기라도 하면 정연은 그 자리에서 머리를 말리다 박제가 될지도 모 른다. 옷을 주섬주섬 챙겨 입는다.

"여긴 너무 좁아."

"테이블을 현관 쪽으로 옮기면 돼. 테이블에 잡동사니뿐이잖아."

정연은 대수롭지 않다는 듯 말한다.

"필요하면 우리 생활비로 사자."

나도 지지 않는다.

정연과 내가 함께 산다고 했을 때 사람들은 물과 기름이 합쳐지기도 하느냐고 물었다. 정연과 나는 함께 출발한 신입사원이었다. 전문대학을 졸업하고 디자인 학원을 수료한 데다 집 떠나 살고 있는 동향인이라는 것까지, 닮은 데가 많아 쉽게 친해졌다. 신입사원 시절 상사의 횡포를 묵묵히 받아내며 서로를 위로하다 보니 함께 살자는 말은 누가 먼저랄 것 없이 튀어나왔다. 물과 기름이 교묘하게 일치하는 정점, 생활비를 절약하자는 모토가 우릴 한곳에 몰아넣었다. 동료로서뿐만 아니라 동거인으로서 최소한의 예의를 지키고 살면 문제 될 것 없다고 생각했다.

"여기 살던 사람들이 사용하던 거면 쓸 만할 거야. 이사도 잦으니까 금세 구하지 않겠어?"

정연의 말꼬리를 덮치듯 현관 벨이 울린다. 얼굴 하나가 인터폰 화면에 떠오른다. 한글 공부를 하던 여자, 마샤다. 마샤의 동공은 사물을 움켜쥐고 있는 듯 팽팽하다. 앙다문 두꺼운 입술, 자두알처럼 동그란 얼굴과 옴폭 파인 턱, 질끈 묶어 올린 머리 아래로 야생

초처럼 듬성듬성 흘러내린 잔머리. 마샤는 두 눈을 껌벅거리며 응답을 기다린다. 정연이 일어나 인터폰 수화기를 든다.

"무슨 일이죠?"

"매트리스, 왔어요."

"알았어요."

정연은 마샤의 대답은 듣지도 않고 수화기를 내려놓는다.

"거봐, 금세 하나 생겼잖아."

정연이 컴퓨터 앞에 풀썩 앉는다. 다리를 꼬아 앉고 턱을 받친 채로 모니터를 켠다.

"송 선배 만났지? 니 폰트 사겠대?"

나는 냉장고에서 주스를 꺼내 뚜껑을 연다. 건조대에 있는 컵을 노려보다가 병째 벌컥벌컥 마셔버린다. 내 등에 생채기를 낼 것처럼 정연이 미간을 찌푸리고 있다는 걸 느낄 수 있다. 하지만 동거인으로서 최소한의 예의를 지키는 정연은 지금 그런 걸 따질 때가 아니라는 것쯤은 금세 대답하지 않는 내 침묵으로 알고 있다. 때로는, 최소한의 예의를 잊어버릴 때도 있다.

"나도 처음엔 그랬어. 송 선배가 오죽 까다로워야 말이지. 그래도 송 선배가 틀린 말 하는 사람은 아니더라고."

정연의 폰트 '정연체'는 미니홈피에서 베스트 상품이다. 개인 블로그나 홈페이지가 활성화되면서 자신의 글에 어울리는 향기처럼 독특한 글씨를 선택하는 사용자가 늘어났다. 몇 년 전 함께 일하던 송 선배가 한글 폰트 디자인 사무실을 차리고 좋은 폰트를 개발하거나 사들이고 있었다. 정연은 회사에서 팀장 역할도 똑 부러지게 해내면서 개인적으로는 송 선배에게 자신의 폰트를 팔고 있다. 먼 훗날 제 이름을 내건 회사를 차리기 위해 정연은 여러모로 준비를 하는 중이다. 나를 수석 디자이너로 채용할 거라고 하지만 며칠 전 K기업 디자인 프로젝트 팀에서 정연은 내 이름을 올리지 않았다.

"조금만 더 고쳤으면 좋겠대."

"도와줄까?"

"괜찮아. 내일부터 생각할래."

"넌 그게 문제야."

"뭐가?"

"금방 좌절하는 거. 쉽게 좌절하고 쉽게 절망하는 거 말이야. 그리고 폰트를 무조건 팔겠다고 생각하면 안 돼. 거기엔 디자이너의 혼과 집념을 쏟아야 돼. 무조건 팔려고 하면 그게 상품이지, 예술 작품이니. 그래, 상품인데 예술 작품다운 면모를 갖춰야 팔린다 이 얘기야. 내가 회의 시간마다 누누이 강조하잖아. 디자인이 경쟁력이고, 디자이너가 상품이다. 언더스탠?"

정연은 회전의자를 돌려 앉는다. 회사에서 직속 상관인 정연은 이젠 집에서도 팀장 행세를 하려 든다. 팀장과 동거인의 위치를 망각해버리는 정연을 인간적이라고 말할 수도 있겠다. 정연은 팔을 뻗어 물 한 모금을 마시고 컵을 가지런하게 제자리에 올려놓는다. 책상 밑에 놓아둔 가방에서 안경을 꺼내 쓴다. 사감 선생 같다고 놀려도 정연은 뿔테 안경을 바꾸지 않는다. 자신의 모습이 더 위악적으로 보이길 바란다. 그것이 곧 자신의 경쟁력이고 상품이라는 듯이. 팀장 정연은 오늘 바닥에 요를 깔고 자야 한다. 그래서 밤새도록 스탠드를 켜놓고 작업을 할 작정인 것 같다. 번갈아가며 싱글 침대에서 자는 방법은 나쁘지 않다. 하지만 정연은 자신이 바닥에서 자야 하는 날에는 밤새 불빛을 어른거리게 하여 내 잠을 망친다.

얼핏 잠이 들었을까. 뜨거운 샤워가 온몸을 녹지근하게 만들었다. 현관벨 소리에 눈을 뜬다. 정연이 뿔테 안경을 추켜올리며 자리에서 일어난다. 정연은 팔짱을 끼고 선 채로 모니터 속의 얼굴을 바라본다. 마샤다. 모니터 속의 마샤는 현관문 쪽으로 고개를 기울인다. 정연이 낚아채듯 인터폰 수화기를 든다.

"무슨 일이죠?"

날 선 목소리가 날아가는 새의 깃털이라도 잘라버릴 것만 같다. 모니터 속의 얼굴은 아랑곳하지 않고 수줍은 미소를 짓는다. 머리를 긁적인다. 어색한 상황일 때 머리를 긁적이는 버릇은 온 지구인의 공통점인가.

"매트리스요. 안 가져요?"

한 겹 철문 밖이라 마샤의 음성이 생생하게 들린다. 정연이 한숨을 내쉬며 벽에 등을 기댄다.

"알았어요. 나중에 갈 테니까 보관 잘해요."

"아, 안 돼요. 그냥 두면, 나 없으면, 누가, 가져요. 지금, 가져요."

마샤의 어설픈 한국어가 툭, 툭 튀어나온다. 가위를, 마술을, 사과를 발음하던 음색과는 딴판이다.

"그럼 줘요. 상관없으니까."

정연은 인터폰 수화기를 거칠게 내려놓는다. 모니터 속의 마샤가 바닥으로 툭 떨어지듯 사라진다.

"뭘 그렇게까지 화를 내?"

"중요한 타이밍이었단 말이야. 그깟 매트리스 사면 돼지 뭘 그래."

내가 일어나는 사이 정연은 오만상을 찡그리며 책상 앞에 앉는다. 다시 잠들기 어려울 것 같다. 침대 옆에 있는 가방을 끌어당긴다. 담배를 꺼낸다. 창가로 다가가 문을 연다. 찬바람이 훅 얼굴을 덮친다. 담배에 불을 붙인다.

"윤서영. 나 작업하는 거 안 보이니?"

"어, 미안."

나는 담배를 창밖으로 내던진다.

"야! 불 나면 어쩌려고 그래? 담뱃불 끄고 버린 거야?"

"아, 아니……."

"얼른 나가봐. 얼른!"

정연이 바지와 카디건을 집어준다. 옷을 걸치고 신발을 꿰어 신고 나온다. 엘리베이터가 맨 꼭대기 층에 있어 할 수 없이 계단으로 뛰어 내려간다. 오 층에서 일 층까지 단숨에 뛰어내려 와 담배를 던진 화단으로 향한다. 가느다란 흰 연기를 피우고 있는 담배를 찾아 발로 비벼 끈다. 위를 올려다본다. 정연이 아래를 내려다보고 있다. 잠시 후 정연은 고개를 뒤로 빼고 창문을 닫는다.

발로 비벼 끈 불이 내 가슴으로 옮겨온 것처럼 식은땀이 난다. 허기가 진다. 그러고 보니 저녁도 걸렀다. 카디건 주머니를 뒤진다. 만 원짜리 한 장이 잡힌다. 어쩐지 당한 느낌이다. 이 카디건은 장 볼 때 입는 '마트 전용 카디건'이다. 여분의 돈을 넣어둔 것도 정연의 아이디어였다. 담배를 꺼낸 건 자발적이었지만 당황스러운 깜짝 각본은 떨떠름하다.

테이크아웃 식품을 들고 가는 손들, 아무 곳에도 시선을 주지 않는 마네킹들이 사는 오피스텔 근처, 샐러드 바로 들어간다. 샐러드 바에는 서너 명의 여자아이들이 생과일 주스를 홀짝이며 자기들만의 이야기에 빠져 있다. 뉴에이지 피아노 연주곡 속으로 여자아이들의 웃음소리가 캐스터네츠처럼 부딪쳤다 흩어진다. 단골이라고 결코 알은척하지 않는 샐러드 바 여자가 목례를 하고 조용히 주문을 기다린다. 늦은 저녁이라 메뉴는 많이 남아 있지 않다. 먼저 토마토 주스를 주문한다. 여자가 밀폐 용기에서 토마토 조각을 꺼내 믹서에 넣고 작동 버튼을 누른다. 믹서 소음이 샐러드 바를 휘젓는다. 여자가 토마토 주스를 쟁반에 올려놓는다. 아스파라거스와 데친 새우, 양상추를 가리키자 여자는 집게로 적당량을 집는다. 계산을 하고 나서 샐러드 접시와 토마토 주스를 들고 빈 테이블에 앉는다. 열 평 남짓한 샐러드 바, 조금만 집중하면 옆 테이블의 사소한 정보쯤은 얼마든지 들을 수 있다. 여자아이들은 진로 문제와 남자친구 이야기를 테이블 위로 뚝뚝 떨어뜨린다. 흘린 이야기들을 다시 또 주워 담느라 여자아이들의 이야기는 끝이 없다. 양상추에 새우를 포개 파인애플 소스에 찍어 한입에 넣는다. 새콤한 소스가 혀에 감겨든다.

샐러드 접시를 거의 비웠을 때쯤 샐러드 바 문이 열리고, 푸른색 상의에 갈색 바지를 입은 마샤가 들어온다. 그녀의 옷은 색상뿐만 아니라 신분에 대한 상징이기도 해서 얼굴색과는 상관없이 고단해 보인다. 여자아이들이 자리를 털고 일어난다. 여자아이들은 마샤와 닿지 않고 좁은 테이블 사이를 빠져나간다. 마샤가 내 옆을 지난다. 샐러드 바 여자는 유난한 목소리로 여자아이들을 배웅한다. 마샤는 샐러드 바 앞에서 메뉴를 고르고 있다. 여자는 냉담

한 표정으로 마샤를 훑는다.

"이거, 이거, 주세요. 칼로리 없어요?"

마샤가 손가락으로 메뉴를 가리킨다. 여자는 싸늘한 시선으로 답하며 접시와 집기를 집어 든다. 외려 마샤는 여자의 표정에도 담담하다. 그런 일쯤은 개의치 않는다는 듯 여유가 느껴진다.

"우리 샐러드 바 메뉴에는 명찰마다 칼로리가 적혀 있습니다."

여자는 태평양 한가운데에서 낚시라도 하는 듯 마지못해 메뉴들을 집어 접시에 올려놓는다.

"아, 맞다, 여기, 써 있어요. 고마워요."

"양상추와 새우 드릴까요? 더 필요한 거 없으세요?"

"없습니다."

마샤는 반듯하게 선 채로 또박또박 말한다.

나는 샐러드 접시를 카운터에 반납한다. 여자가 깍듯하게 인사한다. 여자는 마샤가 고른 샐러드를 저울에 올린다.

"삼천팔백 원입니다."

마샤가 주머니를 뒤적인다. 천 원짜리 세 장을 꺼내 보인다.

"돈, 없어요. 음식 빼주세요."

마샤는 얼버무리며 말한다. 여자는 어이없다는 표정으로 코웃음을 친다.

"미안합니다. 없어요."

마샤가 다소곳하게 한 번 더 말한다. 나는 주머니에 손을 넣고 지폐를 만지작거린다. 여자가 샐러드용 집게를 집는다.

"여기, 천 원 있어요. 거스름돈은 됐어요."

나는 천 원짜리 한 장을 들어 보인 후 카운터 위에 올려놓고 그대로 뒤돌아 나온다. 불친절한 정연에게 매트리스를 수소문해 주고, 장소에 상관없이 공부에 매진하던 열정이 나의 손을 따뜻하게 만들었을 것이다.

오월의 밤에 여름의 전조가 풍긴다. 카디건을 벗어 허리에 두르고 바지 주머니에 손을 찔러 넣는다. 이 밤을 깨물어 삼키기라도 할 것처럼 심호흡을 한다.

담배 냄새가 자욱한 피시방에는 축 늘어진 채로 손가락만 움직이는 군상들이 모여 있다. 늘 그랬던 것처럼 포털 사이트에서 내가 처음으로 커버 디자인한 책 『비즈니스 브리지』를 검색한다. 경영학과 수업을 듣는데 『비즈니스 브리지』 요약 좀 해주세요, 『비즈니스 브리지』 읽고 리포트 써야 하는데 도와주세요……. 책 내용과 관련된 질문 맨 밑에 그해의 베스트 북커버 디자인으로 뽑혔다는 기사가 짤막하게 실려 있다. 나의 첫 작품이다. 표지 그림은 저자의 얼굴 윤곽과 부리부리한 눈이 부드러워 보이도록 세피아의 농담을 조절해 모노톤 기법으로 그렸다. 활자는 세로로 배치했다. 고딕체와 명조체를 결합하여 정적이지만 역동적인 폰트를 그려낸 것도 『비즈니스 브리지』만의 특징이다. 기존의 폰트가 아니어서 따로 조판과 필름 작업을 거쳐 찍어야 했다. 인쇄공들에게 간식을 사다 나르며 비위를 맞췄고 밤샘 작업을 거듭했다. 구매욕을 북돋우며 지적인 이미지를 갖췄다는 평을 받아 경영학 서적 커버 디자인의 전형이 될 정도였다. 『비즈니스 브리지』는 한동안 베스트셀러 목록에서 상위권을 차지하다 스테디셀러가 되었다. 스테디셀러 같은 삶, 내가 추구하는 삶의 형태였는지도 모른다. 꾸준히 사랑받는 한 권의 책처럼, 적정한 온도를 유지하는 안온함. 하지만 세상에서 가장 어려운 것이 정상 체온을 유지하는 일이었다. 환절기에는 감기에 걸렸고 불규칙한 계절의 본성에 버거워했다. 오랜만에 소식을 전하는 사람들의 잘 지낸다는 안부가 새삼 귀하게 다가왔다.

나는 그 한 번의 성공을 기억한다. 독특한 폰트라며 한글 서체로 개발하라는 의뢰를 받았을 때 나는 실패를 생각하지 못했다. 국제 표준 폰트인 유니 폰트에서 모든 경우의 수를 동원하여 사용 빈도가 높은 한글 2,350자의 웹 폰트를 만든다. 홀로 작업해야 글꼴의 분위기와 개성이 고르게 나타난다. 근육통과 관절염은 액세서리처럼 따라붙는다. 외로움과 인내의 싸움이다. 송 선배는 보기 좋게 늘 나를 넘어뜨렸다. 그건 겨우 단 한 번의 성공에 지나지 않는다며 꿈을 깨라고 했다. 명품 넥타이를 바투 조이며 송 선배는 내 폰트에 대해 이렇게 말했다.

"서영 씨 폰트는 너무 안이해. 폰트야말로 디자이너의 감각적인 마인드를 표현하는 거라고. 자음은 명조의 느낌이 많이 나고 특히 'ㅡ' 'ㅜ'는 가로획이 너무 짧아. 자음을 힘겹게 떠받치고 있는 느낌이 나. 다른 자음들과 어울려 있을 때 균형미도 떨어지고. 확 튀어버리니까 다른 글씨체와 섞여 있는 것 같아서 독창성이 없어. 다시 한 번 해봐. 영혼을 넣어보라고, 영혼을."

송 선배는 매번 똑같은 소리만 반복한다. 그걸 누가 모르나. 영혼을 넣고 디자이너의 마인드를 살린 감각적인 폰트를, 세상에 단 하나뿐인 폰트를 만들고 싶다. 균형미를 갖추되 개성을 담고 있으며 독창적인 이 세상 단 하나의 폰트를, 내가 만들고 싶다. 내 영혼은 어디에서 헤매고 있는 걸까. 헤매고 있을 만한 영혼이 내게 있었던가. 아. 이 지독한 패배 의식. 그래도 만약 영혼이 있다면 부디 내 손으로 스며들기를. 스며든 후엔 결코 사라지지 말기를.

피시방에서 나와 한달음에 원룸에 도착한다. 현관 벨을 누른다. 기척이 없다. 열쇠를 갖고 나오지 않았다. 정연은 벌써 잠이 든 걸까. 현관문 틈으로 동정을 살핀다. 딸그락거리는 소리가 나더니 인터폰 스피커에서 정연의 음성이 흘러나온다.

"어디 갔다 와?"

"…… 피시방."

"나간 김에 매트리스 좀 갖고 와. 오늘부터 매트리스에서 자도록 하자. 내가 치워놓을 테니까 얼른 다녀와, 응? 부탁한다, 친구야."

정연은 일 년에 한두 번쯤 내게 친구라고 부른다. 자기 생일이나 내게 간절히 도움을 요청할 때. 올해는 그 소리를 다 들었으니 내년을 기약해야 한다. 오피스텔 후문을 통과해 재활용 창고로 향한다.

재활용 창고에 드리워진 비닐 발 사이로 불빛이 새어 나온다. 고요하고 스산하다.

"저기, 계세요?"

부스럭거리는 소리가 들리더니 불빛 옆에 웅크리고 있던 그림자가 커진다. 비닐 발을 들추고 마샤가 나온다.

"무얼 찾으세요?"

"저기, 매트리스 가지러 왔어요."

"503호? 잠깐요. 아, 샐러드 바!"

뒤돌아서던 마샤가 나를 알아보고 환호성을 지른다.

"고맙습니다. 정말, 고맙습니다. 천 원, 꼭 드립니다. 꼭. 주겠습니다."

"괜찮아요."

마샤는 깍듯하게 허리를 굽혀 인사한다. 나도 허리를 숙여 인사한다. 두 사람이 맞절이라도 하는 품새다. 고개를 들자 어색한 웃음이 동시에 나온다.

나는 마샤를 따라 재활용 창고 안으로 들어간다. 책상 등, 테이블, 전기밥통까지 재활용 창고는 잡동사니 천국이다. 벽에는 마른 꽃다발까지 걸려 있어 이국의 한 카페 같기도 하다. 백열전등 아래 자그마한 탁자 위에 노트와 연필, 한글 카드가 널려 있다. 주차장에서 보았던 그 한글 카드다. 마샤는 창고 구석에 쌓아놓은 폐휴지 더미들을 한 덩어리씩 옮겨놓는다. 마샤의 키만큼 폐휴지들이 쌓인다. 그 뒤에 매트리스가 벽에 기대어 서 있다.

"이렇게 안 하면, 누가, 가져요."

마샤가 매트리스를 조심스럽게 움직인다. 나는 마샤를 도와 매트리스 한 귀퉁이를 나눠 잡고 발을 맞춰 옮긴다. 한쪽에 세워놓은 매트리스에 마샤가 마른걸레질을 한다. 나는 뒤돌아서다 쌓아놓은 폐휴지 더미들에 걸려 넘어진다. 동시에 폐휴지 더미들도 쓰러진다. 막아보려 했지만 이미 폐휴지 종이들은 직소 퍼즐 조각처럼 흩어져버린 후다. 마샤는 개의치 않고 매트리스를 정리한 후에 폐휴지 더미들을 정리한다.

"미안해요."

마샤는 너그러운 미소로 괜찮다며 고개를 끄덕이고는 폐휴지 더미를 모은다.

"같이해요."

나는 마샤처럼 쭈그리고 앉아 흩어진 폐휴지들을 모은다. 연극 포스터, 의류 대방출 바겐세일, 신장개업 등 크기가 다른 광고지 일색이다. 무조건 눈에 띄도록 디자인은 무시하고 커다란 글씨로 써 있어 공해처럼 여겨졌었다. 누군가가 정성스레 모아놓고 있었다는 느낌 때문일까. 구겨지거나 발밑에 깔려 누추하게 삶을 마감해 버리는 폐휴지들과 달리 서로의 등을 껴안고 있었을 폐휴지들은 마니아의 소장품처럼 귀중해 보인다.

"이걸 모은 거예요?"

"……네."

"특별한 이유라도 있나요?"

"한글, 공부해요. 재밌어요."

"한국에 온 지는 얼마나 됐어요?"

"이 년, 됐어요."

마샤가 검지와 중지를 세우고 말한다. 승리를 기원하는 표시 같아 괜스레 웃음이 난다.

"이사 가고, 오면 재활용 많이 버려요. 좋은 거 없어져요. 금방 없어요. 아까 909호, 이사 갔어요. 안 쓴대요, 버렸어요."

"고마워요. 덕분에 잘 쓸게요. ……꽤 늦었는데, 집에 안 가요?"

"여기, 지하에, 내 방, 있어요. 잠깐, 방 구할 때까지만, 살아요."

마샤는 얼추 폐휴지 더미들을 정리하여 네 개의 덩어리로 분류한다. 덩어리들을 들고 한쪽으로 갖다 놓는다. 바닥에 초등학생용 노트와 철제 필통이 눈에 띈다. 노트 겉장에는 마샤의 이름이 비뚜름히 써 있다. 마샤가 다가와 머리를 긁적인다. 어색하고 쑥스러울 때 머리를 긁적이는 버릇은 마샤의 성격인 듯하다. 나는 마샤의 손에 노트를 건네준다.

"아, 미안해요. 글자만 보면 습관적으로 쳐다보게 돼요."

마샤가 두 손으로 노트를 들고 내게 내민다.

"한글, 가르쳐주세요. 배우고, 싶어요."

뜻밖의 부탁이라 나는 조금 당황스럽다. 지하 주차장에서 마샤는 홀로 한글을 깨쳤다. 한글 카드를 보고 배울 정도라면 내가 가르쳐줄 단계는 지난 게 아닐까. 어설프지만 제 의견을 말하는 것만 봐도 마샤의 한글 능력은 상당하다. 다른 나라의 언어를 배우는 게 끝이 없는 일이긴 하지만, 더 배우겠다고 결심한 데에는 특별한 이유가 있을 것이다.

"한국어를 왜 배우려고 해요?"

마땅한 답을 찾지 못한 듯 마샤는 입술을 오므리고 지그시 웃는다. 한국에 돈 벌러 왔으니 한국어를 배워야 하는 건 당연한 일인데 왜 배우냐는 내 질문은 어리석었을지도 모른다. 마샤의 한글 노트를 펼쳐 유심히 살펴본다. 모음과 자음이 가지런하지 않고 제각각 놓여 있는 글씨부터 모음 자음을 바짝 붙여 쓴 글씨까지, 삐침이 있는 명조도 둔탁한 고딕도 아닌 마샤만의 글씨다. 길쭉한 자음과 작은 알갱이처럼 붙어 있는 모음은 그 하나만으로도 독특한 분위기가 난다. 한글로 메워진 노트를 멀리 놓고 보니 한 폭의 그림 같다. 머릿속으로 마샤의 글씨를 그린다. 각진 모음의 글꼴에 명조의 삐침을 넣어 자음을 만든 내 폰트의 이름은 '서영체'다. 오랫동안 군림해온 두 개의 폰트를 합친 이유는 익숙한 친근감을 주기 위해서였다. 그러나 명조의 삐침을 여리게 하고 고딕의 딱딱함을 부드럽게 공 굴려도 여전히 두 개의 서체는 너무나 달라 조합될 수 없었다. 조금 모양을 바꾸는 것만으로는, 오랜 세월의 무게를 바꿀 수 없었던 것이다!

"내 이름을 그려주세요, 써주세요. 예쁜 글씨, 쓰고 싶어요. 한글, 이뻐요. 그림, 같아요. 한국말 잘하면 다른 사람, 될 것 같아요. 나는 내 나라 사랑하지만 한국도, 사랑해요."

마샤가 노트를 내민다. 노트를 받으며 마샤의 푸른 상의를 들여다본다. 늦은 밤까지 제복을 입고 있는 마샤. 물음표를 남발하는 것 같지만 궁금증을 참을 수 없다.

"제복 입고 있으면, 제복이 유니폼이에요, 알죠? 제복 입고 있으면 답답하지 않아요?"

"편해요. 이거 입어야 사람들, 내가, 누군지 알아요. 괜찮아요. 난 좋아요. 지금, 청소하지만, 난 달라질 거예요. 다른 사람, 될 거예요."

"왜, 이름이 마샤예요? 좀 특이해서요. 마샤의 나라에서 보통 쓰는 이름이 아니잖아요?"

"우리 아버지, 선생님이에요. 러시아, 이야기 좋아해요, 많이 읽었어요. 마샤는, 모스크바에 가면, 다를 거라고 믿는, 여자 이름이에요. 아버지 나한테, 그랬어요. 나처럼, 살지 마, 안 돼, 더, 좋은 세상, 가, 그랬어요."

마샤의 눈에 그렁그렁 눈물이 맺힌다. 더 좋은 세상에 와 있을지도 모를 마샤는 울면 더 약해진다는 금기 사항이라도 새긴 것처럼 금세 눈물을 닦고 방긋 웃는다. 노트를 빤히 보며 자신의 이름이 씌어지기를 기다린다. 나는 푸른색 상의에 흘림체로 수놓은 마샤의 이름을 노트에 쓴다. 아니, 마샤의 말대로 마샤의 이름을 그린다. 쓰는 게 아니라 그린다, 이다. 마샤의 미음(ㅁ)은 아득한 평원에 자신의 자리를 만드는 울타리 같다. 시옷(ㅅ)은 한자의 사람인 자 같기도 하고 자음의 'ㅑ'와 만나 보드라운 느낌도 든다. 마샤는 내게서 노트를 받아 주의 깊게 본 후 내 글씨와 비슷하게 자신의 이름을 그린다.

마샤가 한글을 쓴다. 마샤의 글씨는 이 세상, 단 하나의 글씨처럼 보인다. 연필을 쥔 손에 바짝 힘이 들어가 있고 마샤는 자신의 이름에 들어 있는 모음과 자음을 천천히 써 내려간다. 마샤의 미음(ㅁ)은 어디에나 내걸어도 좋을 창이다. 시옷(ㅅ)은 평원을 향해 뛰어가는 사람의 걸음 같고 자음의 'ㅑ'와 만나 씩씩한 느낌이 난다. 아, 탄성이 절로 나온다. 처음 한글을 배우던 시절, 나는 다섯 살이었다. 또래 아이들보다 일찍 한글을 떼었고 내가 쓴 글씨는 모든 아이들이 흉내 내고 싶어 할 만큼 예뻤다. 새로운 글씨체들을 마구 만들어냈다. 아이들은 내 글씨를 모방했다. 두근거리는 가슴을 누르며 마샤에게 주문한다.

"잘했어요. 다시 써봐요."

마샤는 연필을 다시 모아 쥔다. 엄지와 검지에 힘을 주고 중지로 연필을 받친다. 두 글자를 쓰기 위해 심혈을 기울이는 마샤의 눈빛은 진지하고 섬세하다. 마샤에게 한글은 더 좋은 세상의 창이 되고 있는 걸까.

제 이름을 써놓고 마샤는 무릎걸음으로 폐휴지 더미로 다가간다. 종이 한 장을 꺼내와 내 앞에 내민다.

"여기, 이 글씨처럼 써주세요."

마샤가 내민 두툼한 아트지는 어떤 행사를 알리는 포스터다. 독특한 서체로 디자인한 숫자가 한눈에 들어온다. 나는 그것이 마감일이 멀지 않은 폰트 디자인 공모 포스터라는 걸 알 수 있었다.

"그 글씨, 너무 이뻐요. 그림, 같아요. 똑같이 안 돼요, 될 것 같아요. 아, 될 거예요."

콘테스트 제호를 아라베스크 문양과 결합시키고 보라색으로 농담을 조절한 '폰트 디자인 콘테스트'는 글자 하나하나 독립돼 있고 어울려 있는 것도 어색하지 않다. 다른 글자들과의 어울림을 우선으로 생각했던 나는 새로운 창을 발견한 느낌이다.

마샤가 연필을 힘주어 잡고 정성 들여 글씨를 쓴다. 포스터의 문구와 내가 노트에 써준 자신의 이름이 마샤만의 글씨로 살아난다. 한글을 그림이라 생각한 마샤, 울타리를 치지 않고 창을 만든 마샤의 눈썰미는 아름답다.

비
자
림

제주 공항에 내려 전화를 건다. 남편의 휴대전화는 꺼져 있다. 그의 크로스백과 내 캐리어를 끌고 출구를 통과한다. 렌터카 직원이 남편 이름을 쓴 팻말을 들고 서 있다. 직원은 본인이 아니면 차 열쇠를 건네줄 수 없다고 단호하게 말한다. 직원은 그와 통화가 되지 않자 체념한 듯 나를 데리고 렌터카 주차장으로 향한다. 그가 왜 오지 않았느냐고 계속 추궁하는 통에 바짝 입이 마른다. 어떻게 설명해야 할지 난감하다. 외려 그에게서 전화가 오지 않았느냐며 되묻자 직원은 입을 다문다. 나는 책임 보험증서에 사인하고 자동차 열쇠를 건네받는다.

내비게이션에 북제주군 1112번 지방도로 비자림로를 찾아 입력

한다. 안녕하세요. 목적지까지 안전 운행에 도움을 드리는 길잡이 마스터입니다. 딩동. 잠시 후 우회전하십시오. 소리에 따라 핸들을 움직인다. 도심을 지나 지방 도로로 들어선다. 잠시 후 왼쪽 아홉 시 방향입니다. 다섯 갈래의 길이 나온다. 핸들을 꺾는다. 경로를 이탈하였습니다. 소리와 함께 액정 화면에는 잘못 진입한 도로가 나타난다. 내비게이션은 잘못 들어선 길에서도 당황하지 않고 길을 찾아준다. 다음 안내 시까지 직진입니다. 운전석 깊숙이 등을 기댄다.

그는 김포공항 탑승구에서 분명 화장실에 간다고 말했다. 비행기는 안개 때문에 연착을 거듭했고 탑승 시간은 삼십 분이나 지연되었다. 그가 화장실로 간 후 안내 방송이 흘러나왔다.

오전 열 시 십오 분 제주행 KE1219는 육 번 탑승구입니다.

대기하고 있던 승객들이 일제히 일어났다. 나는 두 개의 가방을 끌고 탑승구로 향했다. 티켓 한 장은 그에게 있다. 먼저 탑승하여 그를 기다려도 될 것이었다. 그와 나는 극장에서도 각자 예매 티켓을 찾아 객석에서 만나곤 했다. 영화를 보고 있으면 그의 손이 내 손등을 감싸 쥐었다. 공항 직원이 탑승을 재촉했다. 탑승구에 몰려 있던 사람들이 모래시계처럼 줄었다. 모래알의 맨 뒤로 밀려나며 주위를 두리번거렸다. 직원에게 화장실에도 안내 방송이 들리느냐고 물었다. 직원은 고개를 끄덕이며 내 티켓을 받아들고 무인발급기에 바코드를 찍었다. 액정 화면에 좌석 번호 50A가 찍혔다. 남편은 끝내 탑승하지 않았다.

비자림로에 들어선다. 비어 있는 조수석, 그의 부재에 몸이 떨려온다. 창문을 열어 환기를 시킨다. 오소소 소름이 돋는다. 소소리 바람이 휘몰아친다. 키 높은 나무들이 바람에 흔들린다. 나무는 제 몸을 의지하려는 듯 힘껏 자동차를 끌어당긴다. 저항할 수 없는 힘이, 어떤 조짐이 달려든다. 허리를 꼿꼿하게 세워 고쳐 앉는다. 속도를 줄인다. 구불한 비자림로를 지나 비자림 입구에 도착한다. 자동차를 주차하고 그의 크로스백을 꺼낸다. 묵직한 스크랩북과 카메라를 들고 가느니 가방을 메고 가는 게 더 나을 것이다. 그를 만난다면 스크랩북을 가져온 나를 칭찬하며 안아줄까. 멀리서 애써 침착해하는 나를 지켜보았노라며, 결혼기념일 깜짝 선물이라며 내 볼을 잡아당길까. 가벼운 옷차림의 노부부가 손을 맞잡고 산책하고 있을 뿐 숲은 고즈넉하다.

일주일 전, 그의 회사 빌딩 아케이드에서 저녁을 먹었다. 펄펄 끓는 생태 찌개의 뜨끈한 국물을 들이켠 후 그는 제주도에 가자고 했다. 생태의 눈알이 조가비 진주처럼 번뜩였다. 그는 비자림의 비자나무가 보고 싶다며 결혼기념일 여행을 겸하자고 멋쩍게 웃었다. 기념일이 아니어도 우리는 마음만 먹는다면 언제든 떠날 준비가 되어 있다. 굳이 결혼기념일 여행 계획을 세울 필요는 없었다. 머릿속에서 빠른 계산이 스쳤다. '배란일'과 겹치는 시기였다. 그에게 부담이 될까 봐 말을 아꼈다. 그는 물수건에 손을 깨끗이 닦고 나서 스크랩북을 꺼내 보였다. 스크랩북에는 비자나무와 관련된 기사와 비자나무의 습성 등이 세세하게 정리되어 있었다.

신혼여행으로 떠난 제주도에서 렌터카를 타고 내비게이션이 이끄는 대로 차를 몰고 다녔다. 눈에 띄는 식당에 들어가 밥을 먹고, 바다에서 싱거운 물장난을 쳤다. 멀리서 아른거리는 거뭇한 그림자를 보았을 때 한눈에 심상한 숲이 아니라는 걸 알아차렸다. 올곧게 서 있는 키 높은 나무들은 어둡고 습한 기운으로 한낮을 몰아내고 있었다. 나무 밑동에 빈틈없이 돋아난 풀들은 바리케이드처럼 뒤덮여 음험했다. 해가 지려면 두어 시간이나 남았지만 비자림은 흥건한 어둠으로 출렁였다. 자동차 유리에 습기가 스며들었다. 냉기가 엄습했다. 드물게 지나치는 자동차들은 줄행랑치듯 빠른 속도로 빠져나갔다. 마침내 비자림에 들어섰을 때 우리는 숲의 기운에 휩싸였다. 건장하고 듬직한 정령들이 꾸려가고 있는 원시림 세상. 나무를 옮겨 다니며 노래하는 새소리가 우리를 이끌었다. 걸음을 옮길 때마다 라디오 주파수를 옮기는 것처럼 다양한 새소리가 들려왔다. 산책로를 사이에 두고 양옆으로 늘어선 비자나무 숲은 한 치의 틈도 없이 지피식물들로 빼곡하게 들어차 있었다. 나는 나무의 수피를 매만졌다. 가슴이 철렁 내려앉았다. 수피는 온통 젖어 있었다. 살아 있는 생물이란 바로 그런 모습일까. 그것은 인내와 끈기의 눈물샘, 땀과 피로 이뤄진 결정체였다. 습기를 온몸에 퍼뜨려놓은 채 비자나무는 묵묵히 우리를 내려다보았다. 말을 걸면 대답을 들을 수 있을 것 같았다. 바닥에 떨어져 있는 연두색 열매의 진한 향을 맡으며 비자나무 숲으로 들어갔다. 전혀 다른 모양의 나무들이 비자나무에 기대어 살아가고 있었다.

비자림에 들어서기 전 공원으로 조성된 길을 지난다. 나는 줄지어 서 있는 나무를 바라보며 걷는다. 나무 가까이 다가가 향을 맡기도 하고 빗살처럼 촘촘히 돋아난 뾰족한 잎을 만져본다.

그 나무들은 삼십 년생 비자나무입니다. 오래된 나무들은 저 안에 있어요.

등 뒤에서 투박한 여자의 음성이 쏟아진다. 오십이 좀 넘었을까. 까무잡잡한 얼굴에 움푹 들어간 눈과 메마른 입술은 살천스러워 보인다. 나는 못 들은 척하며 여자를 앞지른다. 여자는 내 뒤로 바투 다가와 비자나무의 효능과 마을에서 제사 지낼 때 쓰던 씨앗이 제사가 끝난 후 사방으로 흩어져 뿌리를 내려 숲을 이뤘다며 혼잣말처럼 중얼거린다.

혼자 오셨소?

여자가 주위를 둘러보며 내게 묻는다. 나는 여자의 목에 걸려 있는 '문화재청 자원봉사자' 명찰을 훑고는 고개를 끄덕인다. 서울 말씨가 섞인 여자의 제주 사투리와 억양이 길을 안내한다. 비자림에서 찍어 온 사진들은 모두 초점이 맞지 않았다. 취미로 그림을 그리는 그는 사진도 제법 잘 찍었다. 사진작가를 해도 되겠다는 말을 들을 정도였지만 비자림에서 찍은 사진은 달랐다. 피사체는 선명하지 않았고 모두 습기를 머금은 것처럼 혼미했다. 여자에게 사진을 부탁할 요량으로 길동무를 맞이한다.

어젯밤, 나는 소형 캐리어에, 그는 크로스백에 짐을 챙겼다. 각자 필요한 물건을 챙겨야 여행지에서 시간을 낭비하지 않으므로 여행 가방은 늘 두 개였다. 스크랩북을 살펴볼 무렵 동창에게서 전화가 걸려왔다. 나는 무선전화기를 들고 침실로 들어가 전화를 받았다. 동창과의 질펀한 수다가 이어졌다. 나는 통화를 하는 중에도 들고 나는 소리로 그의 자리를 짐작했다. 그는 베란다에서 거실로, 거실에서 서재로, 서재에서 거실로 옮겨 다녔다. 찰칵. 화장실 문을 여닫는 소리가 들렸다. 나는 별로 궁금하지도 않았던 다른 동창의 안부를 물으며 통화 시간을 늘렸다.

그는 화장실에서 오랜 시간을 보내는 것을 즐겼다. 담배 연기를 내뿜으며 책 한 권을 섭렵하는 일은 다반사였다. 그의 습관이라는 것을 알게 된 후에는 불만을 표시하지 않았다. 그에게 화장실은 자기만의 시간을 누릴 수 있는 비상구였다. 읽을거리와 담배만 있으면, 기분 전환이 필요하면 화장실로 사라졌다. 그의 성실함과 인내는 규칙적인 배설 때문인지도 몰랐다.

긴 통화를 끝내고 거실로 나왔을 때 그는 거실 한쪽에서 트레이닝 상하의를 입고 통조림 햄을 퍼먹고 있었다. 짧은 한숨이 나왔다. 또, 그에게 푸념하는 것이 내키지 않았다.

나는 유기농 야채와 손수 만든 과일 드레싱을 끼니마다 올려놓았다. 지인의 주말 농장에서 배추를 뽑아 와 어설픈 김치도 담갔다. 세상의 모든 요리를 만들어낼 준비가 되어 있었지만 패스트푸드와 인스턴트에 길들여진 그의 식성은 고쳐지지 않았다. 오랜 자취 생활 때문이라고 그는 변명했다. 종량제 쓰레기봉투에 빈 통조림통을 버리지 말라는 당부를 하지 않은 건 다시는 통조림을 먹지 않겠다는 약속 때문이었다. 약속은 무색했고 그럴수록 나는 엄포를 놓곤 했다. 평소에 느끼던 서운함까지 들먹였다. 그는 묵묵히 내 거친 말들을 받아냈다. 언젠가 종량제 쓰레기봉투에서 발견한 통조림통 밑에는 비임신으로 나온 임신 진단 시약이 깔려 있었다. 그가 볼 거라 생각하여 부러 버린 거였지만 그는 알은체하지 않았다. 임신 진단 시약에는 기름기 묻은 손자국이 찍혀 있었다.

그를 지켜보았다. 베란다 창은 버티컬블라인드가 드리워져 있고 거실 등도 꺼진 채였다. 어둡고 습한 더위가 거실 바닥에 웅크리고 있었다. 그는 무의식적으로 햄을 퍼먹은 뒤 리모컨을 집어 들었다. 리모컨은 성인 방송 채널에서 멈췄다. 금발에 짙은 화장을 한 백인 여자가 반라의 몸으로 신음 소리를 냈다. 그는 재빨리 음소거 버튼을 눌렀다. 격정에 취한 그는 정직해 보였다. 그가 바지에 손을 집어넣었을 때, 나는 조심스레 방문을 열었다.

사각사각. 숲에 들어서면서부터 끈질기게 따라붙는 바람의 음성. 한 줄기 바람이 나를 쫓고 있다. 바람이 하늘을 가리고 있는 나무의 우듬지를 흔든다. 제 무리들 외에는 아무런 관심도 없다는 표정에 나는 침입자라도 되어버린 느낌이다.

비자림은 송이를 깔아서 산책로로 만들었어요. 송이는 화산재요. 용암이 폭발한 뒤에 남은 잿더미가 이렇게 잘게 부서졌지요. 가공하지 않고 자연 그대로 갖고 와 길에 뿌린 겁니다. 하영 봅서 (많이 보세요).

여자가 바닥을 가리키며 무심결에 튀어나온 사투리의 뜻을 덧붙인다. 잘게 바스러졌으나 단단해 보이는 붉은색 송이를 밟는다. 얄팍한 샌들 바닥으로 보드라운 감촉이 느껴진다.

나무에선 좋은 기운이 퍼져 나오고 바닥은 편안하게 받쳐주니 이만한 삼림욕이 없습니다. 다양한 얼굴을 하고 있는 나무들을 만나봅시다.

여자의 재치 있는 설명들이 외려 더 편안하다는 것을 여자는 알까. 어디선가 봤다는 말을 자주 들었을 것처럼 여자는 친숙한 데가 있다. 간혹 사람들에게 내 인상이 낯설지 않다며 고향과 살았던 동네를 추궁당하곤 했다. 그들은 자신의 기억이 맞다고 우겼다. 어떻게든 자신의 기억이 맞다는 걸 증명해 보이려는 몸짓은 서글펐다. 남편을 처음 만났을 때 그 역시 내게 서슴없이 물었다. 우리 어디에서 만난 것 같지 않아요? 그런 것 같다고 말한 건 남편에게 호감이 있어서라기보다 그 질문에 대한 답을 '아니오'로 정해놓은 것에 싫증 났기 때문이었다.

대학을 졸업한 후 피아노 학원에서 아이들을 가르쳐왔다. 취직할 기회를 엿보며 아르바이트로 시작한 일이었다. 어린 시절 부모의 강요로 배우게 되었지만 피아노는 내 적성에 잘 맞았다. 피아노 학원에 다니면 피아니스트를 꿈꾸고, 미술학원에 다니면 화가를 꿈꿨던 것처럼 내게도 피아노는 그런 의미였다. 피아노 학원장은 비전공자임에도 재능 있고 무엇보다 성실하다며 내게 머물러 주기를 바랐다. 적은 월급이 꺼려지긴 했지만 대여섯 시간만 일하고 나면 시간의 여유가 있어 수락했다. 친구들은 내 꿈이 피아니스트였을 거라고 단정했다. 그럴지도 모르겠다고 맞장구를 치며 선택한 이유 따위는 말하지 않았다. 처음부터 엄한 선생님으로 인식되어야 한다는 요령을 터득하고 난 후에는 아이들을 다루는 게 수월해졌다. 어느 날, 학원장이 주말 야간 수업을 제의했다. 퇴근 후에 별달리 할 일도 없던 터였다. 수업에 동참한 학생 중에 그가 끼어 있었다. 처음 그를 보았을 때 그에게선 술 냄새가 풍겼다. 그는 다국적기업에 다니는 회사원이라고 자신을 소개했다. 피아노는 신문의 다양한 섹션처럼 자신의 삶에 '예술' 항목을 끼워 넣은 것이라 덧붙였다. 바이엘 초보자에게 특별히 가르칠 것은 없었다. 사십 분 내내 양손을 번갈아 친 후 그는 술을 마시고 와서 미안하다고 말했다. 그럴 수도 있죠. 괜찮아요. 크게 문제 될 만한 것이 아니어서 괜찮다고 말한 것뿐인데 그는 나를 타인의 사생활을 존중할 줄 아는 여자로 생각하는 듯했다.

그가 레슨을 받은 지 삼 개월이 지났을 무렵, 자동차를 구입했다며 시승식을 하자고 했다. 비슷한 또래에 곧잘 농담도 나누게 된 터라 거절하기 곤란했다. 시동을 걸자 내비게이션이 작동하며 안내 음성이 흘렀다. 그는 내비게이션이 안내하는 대로 속도를 줄였고 길을 잃어도 당황하지 않았다.

찻길만 찾아주지 말고 우리 사는 길도 찾아주면 좋겠어요, 그렇죠?

그의 말에 나는 눈을 맞추며 고개를 끄덕여주었다. 그는 운전석 깊숙이 등을 기대고 내 손을 기어 위에 올려놓았다. 내 손 위에 포개진 그의 손은 따뜻했다.

그날 우린 좀 먼 곳까지 갔다. 농담처럼 유턴도, 끼어들기도 어렵다고 했는데 자동차는 어느새 국도를 달렸다. 그는 운전에 지쳐 있었고, 침묵을 몰아내기 위해 조잘거렸던 나도 피곤했다. 멈춰달라고 말하는 게 부질없을 만큼 우리는 멀리 갔다. 되돌아가자고 말할까. 돌아가는 동안 냉랭하고 불편한 분위기를 감당해야 하지 않을까. 타인의 취향을 존중한다는 것이 제 의견을 감춘다는 뜻은 아닐 터인데 나는 이미지를 흐리게 될까 봐 말을 아꼈다. 다만 나는 그와 어떤 일에 휘말려 지루한 일상을 바꿔버리고 싶었다. 곧 서른이 된다는 압박감과 연이어 들려오는 동창들의 결혼 소식은 내 일탈에 동조하고 있었다. 결혼을 하고 싶은 것도 하고 싶지 않은 것도 아니었는데 결혼 소식에 나는 괜스레 위축되곤 했던 것이다. 그것만으로도 결혼하고 싶은 거라고 짚어준 동창은 제 남편에 대한 불만을 터뜨리다가도 결국엔 남편과의 즐거운 시간들을 늘어놓곤 했다. 그런 동창을 나는 내심 부러워하고 있었다. 남들과 다르지 않게 사는 것이 보통의 삶이라고 나는 믿었다. 이를테면 나는 남들처럼 제때 공부를 하고 결혼을 하고 아이를 낳는 일을 동경하고 있었던 것이다. 그들과 다른 통로로 들어가게 될까 봐 나는 두려웠다. 우스꽝스러운 성곽 모양의 모텔에 들어가자마자 우리는 거리낌 없이 안고 키스했다. 그는 내 성감대를 알고 있는 것처럼 파고들어 왔다. 한 번쯤, 운명이라는 말을 입에 담았던 날이었다.

그의 프로포즈와 결혼식까지는 그날로부터 육 개월이 걸렸다. 양가의 도움으로 공동 명의의 스물다섯 평 전세 아파트를 마련

했다. 그의 회사에서 삼십 분, 내가 근무하는 피아노 학원에서 이십 분 거리였다. 수입이 더 많은 남편이 생활비를 부담하는 대신 나는 가사를 전담했고 내 월급은 저축했다. 종신보험과 생명보험에도 가입했다. 보험 수혜자 란에 서로의 이름을 적을 때는 한 사람의 부재를 증명하는 거액의 숫자 때문에 묘한 기분이 들었다. 부부 싸움을 할 땐 존댓말을 써보라는 유명 인사의 충고는 생각보다 어려웠다. 존댓말로 주고받는 게 어색해 아예 포기하고 없었던 일로 무마하면서 싸우는 일은 거의 없어졌다. 우리 부부의 일상은 더없이 조용했고 더없이 평온했다.

성역처럼 돌담이 쌓여 있는 비자나무 군락은 송이 산책로와 구분되어 있다. 비자나무 밑동마다 빼곡하게 들어찬 지피식물, 양치식물, 고비식물들. 비자나무는 자생하여 군락을 이루며 살고 다른 얼굴들도 흔쾌히 받아들이고 있다. 비자나무 옆에 단풍나무가 어깨를 기대고 있는가 하면 한 뿌리에서 두 개의 나무 기둥으로 갈라진 비자나무도 있다. 외따로 홀로 살아가는 양 자리를 차지한 후박나무의 수피는 건조하고 새들은 끊임없이 노래한다. 나무 위에 터를 잡아 제 길을 터나가는 덩굴들까지 비자나무는 온전한 숲의 성지다. 내 시선이 닿는 곳마다 친절히 설명해주던 여자가 바닥에서 한 뼘만 한 가지를 주워 들어 내게 내민다.

비자나무는 자기에게 더 이상 쓸모가 없는 가지들은 스스로 떨귀내요. 여길 봐요. 이 아이들도 곧 떨어져버릴 가지들이오. 제주 비바리들은 비자나무에 간곡한 영이 서려 있다고 믿수다게. 그 영은 아무도 해치지 않수다. 제 몸에 터를 잡은 식물들에게 인색하지 않아요. 그래서 결국엔 비자나무가 죽을 거요. 제 자리를 내주고 있다는 걸 알면서 말이죠.

여자가 나무를 응시한다. 여자는 바짝 입술에 힘을 주어 한숨을 참는 것처럼 보인다. 여자가 뒷짐을 지고 앞장선다. 문득 여자가 궁금하다. 봉사를 자처할 정도의 여유, 숲에 대한 애정과 해박한 지식. 여자는 숲의 전령일지도 모른다.

다른 생업도 있으시지요?

내 물음에 여자가 빙긋 웃으며 눈을 맞춘다. 여자가 입꼬리를 올리고 웃을 때마다 여자의 눈가 잔주름이 빗살처럼 펴진다. 잔주름을 장식처럼 매달고 있는 여자가 몇 걸음 옮긴 뒤 말문을 연다.

한라봉도 팔고 밀감도 팔고, 재미없어지면 점토로 하르방도 만들죠. 한때는 커튼이며 가방이며 재봉틀로 만들 수 있는 건 다 만들곤 했수다. 한가할 틈이 없어요.

아이들은 다 컸겠네요?

그랬겠죠? 첫사랑만 실패하지 않았어도 한 다스는 품고 있었을 텐데.

여자의 말이 무슨 뜻인지 몰라 나는 입을 다문다. 여자는 눈높이의 비자나무 이파리를 잡아당겨 향을 맡고는 깊은 숨을 내쉰다. 나도 잎 하나를 떼어내 향을 맡은 후 바람에 날린다.

난 아이가 없수다. 괜찮아요. 미안해할 것 없어요. 아이가 없다는 사실을 알아차리면 사람들은 왜 미안한 표정을 짓는지 몰라요. 난 아무렇지도 않은데 말이죠. 아이를 못 낳았던 건지 일부러 낳지 않았던 건지는 잘 모르겠어요. 온 나라를 뒤져 임신에 좋다는 약은 다 먹어봤어요. 아니, 다 먹어봤으면 아이를 낳았을지도 모르죠. 아무런 이상이 없다고 하는데 아이가 생기지 않는다는 말에 굴복한 게 억울하지만 사실은 그때 난 성공에 미쳐 있었어요. 꽤 잘나가는 제주 비바리 출신의 맹렬 여성이었지. 그때만 해도 촌 출신의 여자가 빌딩의 책상 자리를 차지하는 게 쉬운 일은 아니었어요.

성공이라는 단어가 여자의 덜미를 잡고 있었다는 것이 상상이 되지 않는다. 긴 테이블에서 회의를 하고 서류를 정리하는 여자의 모습도 이물스럽다. 여자에게도 극성스러운 아버지가, 집안을 일으켜야 하는 부채가 있었던 걸까. 여자가 한발 앞서 나간다. 한 뼘의 얄팍한 비자나무 가지가 여자의 어깨로 떨어진다. 나는 여자의 몸에 닿고 바닥으로 떨어진 가지를 주워 든다. 그 작은 가지는 다른 가지들과 경계를 나누듯 끝이 도드라져 있고 마디가 있다. 스스로 떨어지기 위해 다른 가지들과 섞여들려 하지 않았던 것처럼.

조금 늦춰도 되겠다 싶었어. 약은 꾸준히 먹고 있으니까 그건 저

절로 어떻게 될 거라 믿었지. 하지만 일이라는 게 그렇잖아. 멈춰 있으면 고장난 시계 취급당하는 건 순식간이라고. 아이는 평생 함께 가야 하는 동반자니까 조금 늦게 와도 될 거라 믿었어. 눈앞에 있는 결실을 쫓아다녔지. 아주 정직하게 대답해주는 현실을 행운이라고 생각하지는 않았어. 난 그만큼 노력했으니까. 이렇게 명쾌한 사실이 어디 있겠어? 그런데 아이는 그렇지가 않더라. 지금 생각해보면 아이도 내겐 꿈이었어. 이루어질 수 없는 꿈. 나는 이룰 수 있는 꿈만 쫓은 거야. 그런 거였어…….

여자는 제 자신에게 고백하고 있다. 자위하고 다독이고 어루만지는 여자에게 신뢰가 생기지 않는다. 툭 건드리면 튀어나오는 상처를 위로할 마음일랑 내겐 없다. 그러나 나는 여자를 바짝 쫓고 있다. 여자의 다음 말들이 궁금해지는 것은 같은 앓이에 전염되어 있기 때문일까. 단단한 호두 껍질로 상처를 덮어놓지 않은 이유를 묻고 싶다. 왜 그렇게 쉽게 툭 내뱉고 마느냐고. 왜 상처를 숨기지 않느냐고. 왜 끝까지 매달려 있지 않았느냐고…….

첫 결혼기념일을 앞두고 자연유산을 했다. 임신 사실을 알던 순간 아이는 바로 떠났다. 의사는 내 잘못이 아니라 아이에게 문제가 있었다고 했다. 그는 당분간 아이를 낳지 말자는 말로 위로했다. 아이를 키울 수 있는 경제적인 능력과 환경은 우리에게 아직 마련되지 않았다는 이유였다. 한동안 둘만의 생활을 즐기며 아이를 위해 저축을 해두는 것도 좋을 것 같아 동의했다.

　남매 중 장남인 그는 성실했고 믿음직스러웠다. 그는 고향에서 고등학교를 졸업하고 홀로 상경하여 자취 생활을 하며 학교를 다녔다. 중학교 때 고흐의 그림에 반해 그림을 그리기 시작했고 미술학원에 다닌 아이들 못지않게 빼어난 솜씨를 자랑했다. 고등학교에 진학해 자연스레 미술부에 가입했고 그는 더 열심히 그림을 그렸다. 아버지의 눈을 속여야 했으므로 공부에도 게으르지 않아 상위권 성적을 유지했다. 하지만 그의 아버지는 달랐다. 아버지의 바람대로 그는 경영학과에 지원해야 했다. 도시로 올라갈 때 짐 속에 넣은 화집을 빼놓은 것도 아버지였지만 그는 원망하지는 않았다. 포기하는 것이 아니라 잠시 접어둔다는 말이 남아 있었기 때문이다.

　나의 부모는 내가 하는 일이면 선뜻 지지해주었지만 방목하는 것과 같았다. 내 위로 두 명의 형제들은 끊임없이 문제를 일으켰다. 여자 때문에, 공부 때문에, 형제들은 어지간히 부모의 속을 썩였다. 내가 터득한 처세는 형제들과 다르게 사는 것이다. 거짓말도 늘었다. 성적표를 위조하는 일쯤 어렵지 않았다. 겉으로는 제 앞가림 잘하는 딸이었다. 부모의 간섭에서 벗어난 대가로 힘들다는 시늉조차 할 수 없었지만 만족했다. 그를 처음 인사시켰던 날, 나의 부모는 반듯한 그를 보고 나에 대한 믿음을 굳혔다. 내 진짜 모습이 어떤 것인지 괴로워할 필요는 없었다. 내 성향과 맞지 않았다면 해낼 수 없는 일이었다. 그림을 그릴 때마다 눈을 부라렸던 아버지를 측은하게 생각했다는 그의 말을 나는 이해할 수 있었다.

우리가 지인들에게 이상적인 부부로 보인 것은 당연했다. 우리는 서로의 취향이 다르다는 걸 알았고 고칠 수 없는 버릇은 묵인해왔다. 서로를 배려하고 존중하는 모습이라며 부러워하던 그들은 좋은 소식 없느냐는 말도 잊지 않았다. 우리 사이에 어떤 문제가 있을 것이라고 짐작하는 투였다. 결혼 삼 년차의 부부에게 아이가 없다는 건 무자녀 계획을 선포하지 않는 한 끊임없는 호기심을 불러일으켰다. 몇 달 전부터 나는 매달 병원에서 배란 일자를 받아와 미리 그에게 통보했다. 배란 일마다 그는 야근 핑계를 댔다. 배란일은 다음 달에도 있으므로 유치한 투정은 부리지 않았다. 더러는 우리 아이가 타인의 호기심을 배반하기 위해 공산품처럼 생산되어야 하는 것 같아 부러 잠자리를 피했다. 한약을 먹고 가까운 절에 득남 발원 축원 기도를 올린 것은 최근의 일이었다. 그는 그렇게까지 해야 하느냐며 아이를 낳지 말자고 선언했다. 일에 지친 탓이라고 생각했을 뿐 진심이라 생각하지 않았다.

우리 지금 잘살고 있잖아. 뭐가 부족하지?

부족해서 아이를 가지려는 게 아니잖아? 그건 자연스러운 일이야.

자연스러운 일에도 누군가는 숨통이 막힌다고.

난 내 아이가 갖고 싶어. 당신 닮고 나 닮은 아이 낳아서 힘들어도 잘 키워보고 싶어. 당신은 아이가 없는 게 불안하지 않아?

그는 말없이 등을 돌리며 혼잣말처럼 중얼거렸다.

그거 알아? 난 성공하기 위해 열심히 일하는 게 아니야. 회사에서 잘리지 않으려고 애쓰는 거라고. 아이까지 책임져야 한다는 건 무리야.

세상은 나날이 변했지만 변하지 않는 것들이 있었다. 제도의 굴레라고 하면서도 사람들은 나이가 차면 짝을 찾아 헤맸고 짝을 이루면 열매를 바랐다. 우리들의 부모가 그랬던 것처럼 아이를 기다렸다. 아이는 천사이며 사랑의 상징이라는 유구한 진리를 답습하는 게 진부해 보이지 않았다. 모두의 아이가 아니라 '나만의 아이'였다. 나를 여과하여 태어나는 아이였다. 그 모든 이유를 접더라도 나는, 아이가 갖고 싶었다. 또래의 여자들처럼 아이를 위해 최상의 모유를 비축해두고 아이 눈높이에 맞춰 낱말 스티커를 붙여놓는 것, 그것이 지금 내가 좇아야 할 유행이었다.

그의 뜻이 확고하다는 걸 알게 된 건 그다음 날이었다. 그는 만취해 들어와 옷도 벗지 않은 채 소파에 기대어 말했다.

아마 동네 오락실에서였을 거야. 신 나게 오락을 하고 있었는데 등 뒤가 서늘했어. 게임은 내가 한 번도 가보지 않은 라운드까지가 있었지. 나는 흥분했어. 그때 갑자기 커다란 손이 게임 화면을 가로막았어. 내 뒤에 아버지가 서 있더군. 아버진 실망한 기색이 역력했어. 그러고는 가방으로 나를 마구 때리기 시작했어. 친구들이 보고 있는데도 멈추지 않았지. 한 십 분쯤 그렇게 맞았을까. 아버지는 바지 주머니에서 동전을 꺼내주면서 이렇게 말했어. 오락에서 너의 의미를 찾을 수 있으면 계속하라고. 그 말은 나한테 너무 어려웠어. 난 겨우 초등학교 6학년이었으니까. 그 말을 또다시 듣게 된 건 내가 미대에 진학하고 싶어 한다는 사실을 알았을 때야. 아버지는 똑같은 말씀을 하셨어. 그림에서 너의 의미를 찾을 수 있느냐고. 역시 아무런 대답도 하지 못했어. 그림을 그리면 살 것 같다고, 그림이 좋다고, 그렇게 말할 수는 없었어. 아버지 표정은 그 대답을 원하고 있지 않았거든. 아버진 내가 무엇이 되고 싶어 하는 것보다 당신이 원하는 무엇이 되길 바랐어. 당신의 뜻대로, 당신의 바람대로 살아가는 것 말이야. 나는 그렇게 해왔고, 그러려고 했어. 그건 당신도 잘 알거야. 하지만, 내게도 꿈이 있어. 이대로 포기한다는 건…… 가혹해.

신혼 초에, 동창에게 새끼 강아지를 선물받았다. 그는 대소변을 못 가리는 강아지를 무섭게 훈육시켰다. 태어난 지 한 달 남짓한 강아지였다. 강아지는 금세 익숙해지는 듯했지만 실수가 더 많았다. 강아지가 그가 틈틈이 연필로 스케치하던 화첩을 물어뜯었을 때 그는 분노했다. 강아지를 베란다 밖으로 내몰았다. 강아지는 베란다 창에 두 발을 짚고 서서 울었다. 그는 오래 버티지 못하고 강아지를 데리고 들어와 비스킷을 주며 얼렀다. 강아지는 그의 시선을 외면했다. 그의 음성이 다시 거칠어졌다. 강아지는 비스킷을 먹을 생각이 없어 보였다. 그는 끈질기게 비스킷을 내밀었다. 뒷걸음치던 강아지가 그의 손을 앙 물었을 때, 그는 순식간에 강아지를 바닥에 내팽개쳤다. 겁에 질린 강아지에게 소리를 지르고 욕설을 퍼부었다. 어떤 상황에서도 참고 인내하던 그의 모습이 아니었다.

숲에 어둠이 내린다. 강인해 보이는 이파리 사이에는 곧 사라지고 말 빛이 있다. 저 멀리 오름을 바라본다. 오름에는 아직 황홀한 햇빛이 머물고 있다. 숲의 이른 어둠에 겁이 난다. 뒤를 돌아본다. 무성한 초원이 바짝 다가온다. 수많은 식물들의 숨이 트이면서 습기는 점점 더 내 몸에 달라붙는다. 나도 모르게 여자의 손목을 부여잡는다. 여자는 말없이 내 손을 쥔다. 여자는 이 숲의 길잡이, 나의 내비게이션 같다.

자원봉사도 하시고 점토도 만드시고. 재미있게 사시네요.

동네 아즘매들이랑 노는 게 일이오. 남편도 제주 사람이라 감귤 농장을 하죠. 요샌 인형을 만들어볼까 궁리 중이오. 손으로는 이것저것 만들고 몸도 고단하지만 결국 나는 나를 못 버리더라구. 폐경했는데도 아직 아이가 생기지 않을까 하는 꿈을 꾸니 참 주책이

오. 갖지 못해서는 아니오. 그게 날 살아가게 하는 것 같수다.

막힌 통로를 바라보며 사는 여자. 숨죽이며 기어오르고, 톡톡 두드려 열리기를 바라고, 여자는 그렇게 살아왔을 것이다. 소리도 표정도 없이 웃는 법을 깨닫게 되기까지 여자는 마음을 비우자는 말로 위안했을 것이다. 한껏 여유 있는 표정을 지으며 나는 괜찮으니 신경쓰지 말라는 말을 몇 번이나 했을까. 여자의 발밑에 비자나무열매가 밟힌다. 길고 둥근 열매가 조금 으스러졌다. 나는 열매와 가지를 피해 야트막한 언덕을 지난다. 여자는 제 소임을 다하듯 식물들을 소개한다. 여자를 따라 두 팔을 벌리고 심호흡한다. 여자가 내미는 지피식물의 이름을 읊조려보고 사진을 찍는다.

다 왔어요. 저기 저 나무가 이 숲에서 가장 오래된 비자나무요. 팔백 년이 넘었소.

나는 그 자리에 멈춰 선다. 하늘을 향해 길을 향해 뻗어 있는 수많은 굵은 가지들. 아름드리 나무 둥치에 붙어 있는 덩굴들. 팔백년 나무의 시간이 내게로 와 닿고 내 생의 무게가 바닥으로 가라앉는다. 여자는 천 년의 세월이 머지않은 비자나무 가까이로 나를 데려간다. 바람이 분다. 나무의 얼굴을 볼 수 없다.

나무는 나무대로 덩굴은 덩굴대로 살고 있죠. 나무와 한길을 가면서도 한 몸이 안 되려고 버둥거리고 있수다. 저기 저 허연 가지를 좀 봐요. 비자나무 가지와는 좀 다르죠? 새들이 씨앗을 물어 와 나무에 심고 똥을 싸고 해서 피어낸 가지랍니다. 비자나무는 자기와 습성이 다른 가지들도 받아들이고 있어요. 이 조끄뜨레만 오라게(이리 와봐요). 비자나무와 덩굴이 기가 막히게 평행선을 유지하고 있는 걸 봐요. 쟤들은 서로한테 덤벼드는 게 없어. 덩굴이 제 속으로 파고들면 비자나무는 제 땅까지 내줄 거야. 그건 덩굴도 마찬가지야. 평행선은 결코 한 지점에서 만나지 않지. 선 하나가 기울이기만 해도 그건 평행선이 아니니까. 그래서 비자나무는 죽을 거야.

그가 보고 싶었던 것이 비자나무와 덩굴의 생이었을까. 꿋꿋하게 자기의 영역을 지키며 필요한 소통만 하길 바란 걸까. 그가 조금씩 우리 사이에 균열을 일으킬 때 나는 이유를 물어보았어야 했다. 화장실로 숨어버리는 이유를, 다양한 과목으로 삶의 여정을 짜 맞추려는 의도를, 우리의 아이가 태어나지 못하는 이유를.

바람이 거세진다. 나는 바람을 등지고 돌아선다. 물결을 이루고 있는 덩굴식물이 악착같이 비자나무에서 한 발을 떼고 바람을 타고 있다. 덩굴은 비자나무에 기대어 있지만 등의 한 부분은 바람이 지날 만큼의 미세한 거리를 두고 있다. 한 줄기 바람이 비자나무와 덩굴식물 사이를 유유히 빠져나간다. 휴대전화를 꺼내 남편에게 전화를 건다. 신호음이 울린다. 조바심이 난다. 마른침을 삼킨다.

…… 여보세요.

그의 목소리다. 대답을 기다린다. 바람으로부터, 나무로부터 전해 들은 이야기를 그에게 할 수 있을 것 같다. 앞으로의 나날도 달라질 건 없다는 말도 해야 한다. 당신의 버둥거림에 나는 꼼짝하지 않는다고. 나는 당신을 놓아주지 않을 거라고…….

어디…… 있어?

비자림이야.

나무를…… 봤어?

그는 수줍은 소년처럼 묻는다. 그림을 좋아하고 오락실을 드나들던 소년은 전화기 너머 거기에 있다.

여기, 내 앞에 있어. 어디에 있어?

그의 대답을 기다리며 폐부 깊숙이 비자나무의 숨결을 들이마신다. 숱한 시간의 잔향이 온몸으로 퍼진다.

아버지 뵈러 왔어. 비자림에 가기 전에 아버지를 만나야 할 것 같았어.

평소 고혈압 증세가 있던 시아버지는 가끔 정신을 잃고 쓰러지곤 했다. 며칠 동안 깊은 잠을 자다 깨어나거나 깨어난 후에도 온전하지 못했다. 첫새벽에 시어머니 전화를 받고 뛰어가기를 여러 번. 시아버지는 아들의 얼굴을 보자마자 금세 기력을 찾았다. 아들이 아버지에게 명약이 될 수 있다는 것이 놀라웠다. 오랜 공무원 생활을 마치고 아들이 이루어가는 꿈을 보며 시아버지는 아들이라는 나무에 기대어 가지를 키워나가려 했다. 단풍나무처럼, 후박나무처럼 아들이 있는 사정권에서 남은 생을 부려놓고 싶었을 것이다. 시아버지에게 남편은 꿈이고 미래였다.

아버진 의식이 없어. 이렇게 유약한 모습은 처음이야. 그런데 이상하지. 이런 아버지가 내가 바라던 아버지였던 것 같아. 병들어 누워 있는 아버지 앞에서 난, 아버지 뜻대로 살 수 없다는 걸 깨달았어. 이제 더 이상은…… 안 돼. 나도 숨 좀 쉬어야겠어.

여자가 양손으로 무릎을 짚으며 조용히 일어난다. 쉬엄쉬엄 뒷짐을 지고 걸어가는 여자의 등에는 내 괴로움쯤 아무것도 아니라는 비웃음이 서려 있다. 누구도 해결해줄 수 없으며 오직 혼자 감당해야 한다는 방관에 소름이 돋는다. 그는 내가 어떤 대답을 원하는지 잘 알고 있다. 그럼에도 그가 이렇게 버둥거리는 것은 또한 그가 살아야 하기 때문이다. 그에게 주어진 생이 그러하다면 나는 그를 인정해야 하지 않을까. 덩굴이 비자나무에서 한 발을 떼고 바람을 타고 있는 것처럼, 비자나무가 덩굴을 내치지 않는 것처럼.

난, 그림을 그릴 거야. 다시 시작하는 게 아니라 잠깐 멈췄던 길을 가는 거야. 당신은, 당신의 길로 가.

그는 느리지만 정확하게 말한다. 그의 음성이 내 귀를 타고 비자나무로, 덩굴로 옮겨 간다. 비자나무에 스며든 내 눈빛은 꿋꿋하게 바람을 타고 있다. 누군가 툭 치면 상처를 쏟아낼 준비를 하는 것처럼 이파리에 스며든 내 눈물은 비자나무에 촉촉하게 배어날 것이다.

홈쇼핑 광고를 보던 남편이 피아노를 사자고 한 건 강아지를 돌려 보내고 난 후였다. 나는 사양했다. 피아노는 나의 직업일 뿐 취미로 즐기고 싶지는 않았다. 그는 내게 다시 피아노를 배우고 싶다며 설득하려 들었지만 나는 집에서는 피아노를 잊고 싶었다.

피아니스트가 되고 싶은 게 아니었어?

그의 말에 나는 당황했다.

아……니.

그럼 뭐가 되고 싶었어?

천진하게 묻는 그의 말에 나는 아무 말도 하지 못했다. 그는 더는 묻지 않고 채널을 바꿨다. 나는 자리를 피해 서재로 들어갔다. 눈에 띄는 책 제목을 훑으며 생각했다. 나는 무엇이 되고 싶었던가. 무슨 꿈을 꾸었던가. 이대로 세상에 조금씩 리듬을 맞추며 살고 싶었던 것도 꿈이라고 할 수 있을까. 인기 직종의 직업들을 선망한 적 없다. 장래 희망을 묻는 질문에 꼭 대답을 해야 한다고는 생각하지 않았다. 꾸준히 그림을 그리고 전시회를 관람하는 남편 앞에서 나는 초라했다. 남편을 위해 차리는 식탁이 남편이 말하는 '꿈'의 시초였을까. 남편과 꾸리는 가정은 포근했다. 금세 싫증을 느끼고 포기하던 나였다. 꾸준히 식단을 바꾸고, 구김이 가지 않게 옷을 개키고, 좋은 방향제를 현관에 놓아두는 일들이 내게는 소중했다. 남편과 나 사이에 태어난 아이와도 나눌 수 있다면. 아이에게 푸른 신호등과 붉은 신호등의 차이를 일깨워주고, 아이가 발견한 세상을 함께 나눌 수 있다면. 남편의 온화한 성품을 닮은 그런 아이를 안을 수 있다면……

어디에선가 태어나지 못하는 아이가 있고 꿈을 잃어버린 여자가 있다. 나는 먼저 티켓을 끊고 들어가 영화를 보았던 것처럼 내 옆에 자리를 비워두고 그를 기다린다. 그가 내 손등을 감싸 쥐며 같은 영화를 관람하게 될 그날은 돌아올 것이다. 그렇게 내 생을 유보한다. 아무도 나를 모함할 수 없다. 팔백 년생 비자나무가 여기 있지 않은가. 덩굴과 어차피 떨어질 수 없다는 것을 알고 있는 비자나무. 내가 꾸었던 꿈과 남편의 꿈은 한 가지에서 자라나야 한다. 당신이라는 나무에 기대어 꿈을 꾸고, 설령 나무가 죽는다 해도 떨어질 수 없는 덩굴이 있다는 것을 기억해야 한다. 멀어져가던 여자가 뒤돌아 내게 인사한다. 손을 들어 화답한다. 비자나무와 덩굴을 바라보며 나는 홀로 서 있다.

그의 크로스백을 연다. 제주의 날씨를 감안한 두 벌의 상의와 하의, 속옷과 면도기, 스킨, 로션, 필통이 가지런히 들어 있다. 그의 허물인 양 하나하나 보듬는다. 스크랩북을 꺼낸다. 헤드라인체의 신문 기사가 눈에 띈다.

식물들이 어울려 섬을 이루고 산다

펜으로 그어놓은 남편의 손길을 따라 기사를 읽는다.

비자림에 비자나무만 있는 것은 아니다. 후박나무, 동백나무,
아왜나무 등 수많은 나무가 있고 그 밑동에는 희귀한 난들이 뻗
쳐 있다. 비자나무는 난대성 나무다. 기온차가 뚜렷한 중부지방
에서는 살 수 없다. 수꽃과 암꽃이 각기 다른 나무에서 피며 안개
와 그늘 속에서 다른 나무들과 살고 있다. 수꽃의 꽃가루가 봄에
피는 암꽃 머리에 앉으면 그다음 해 가을, 열매를 맺는다. 몇 해
전부터 북제주군과 문화재청에서는 비자림을 보호하기 위해 비
자나무를 제외한 잡목들을 베어버렸다.

나는 다음 문장을 노란 형광펜으로 칠한다.

공생 균이 없어지면 비자림의 영양 사이클이 차단될 것이다.

남편에게 문자메시지를 보낸다. 형광펜으로 칠해진 글자들이
남편에게로 날아간다. 분홍색 형광펜을 꺼내 덧칠한다. 밑줄은 주
황색으로 변한다. 각자의 색을 묻어두고 겹치는 색깔로 살아가야

하는 것, 때로는 불쑥 생의 비법을 터득한다.

차에 시동을 건다. 내비게이션의 익숙한 안내 음성이 들린다.

안녕하세요. 목적지까지 안전 운행에 도움을 드리는 길잡이 마스터입니다. 딩동. 목적지를 입력하세요.

내비게이션을 꺼버린다. 빗방울이 차창에 떨어진다. 구불한 비자림로가 나타난다. 잠시 멈춰 방향을 가늠한다. 안개등을 켠다. 바람에 나무가 흔들리고 씨앗들이 흩날린다. 창문을 열어 손을 내민다. 그는 수꽃의 꽃가루처럼 암꽃을 찾아 날아와 열매를 맺으려 할지도 모른다. 머리를 추켜세우고 나는 그를 향해 직진한다.

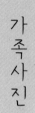

가족사진

아버지는 감색 양복에 아메바 무늬 넥타이를 맸다. 큰언니가 벨벳 정장을 입고 나왔을 때 나는 아버지를 이해할 수 있었다. 아버지도 가장 아끼는 옷이 양복일지도 몰랐다. 오빠는 회색 점퍼와 청바지 차림이었다. 학원에 갈 때와 다른 점이 있다면 점퍼의 지퍼를 채우지 않았고 무스를 발라 머리카락을 뾰족하게 세웠다는 것이다. 엄마는 남대문 시장에서 산 검은 폴리에스테르 바지를 입고 거울 앞에 섰다. 그 바지는 세 번이나 바꿔 온 거였다. 남대문 상인은 바지 팔아봐야 점심값도 나오지 않는다고 투덜댔지만 엄마는 왕복 차비를 내놓으라고 맞섰다. 엄마가 꽃분홍색 점퍼까지 걸치고 나왔을 때 나는 눈에 힘을 주고 입술을 깨물고 말았다. 점퍼에 달린 조악한 복주머니 모양의 주머니 때문에 애써 누르고 있던 불쾌한 대사들이 떠올랐다. 엄마가 아니라 할머니 아냐? 반 아이들의 놀림이 귓가에 맴돌았다.

"역시 내 새끼, 너무 이쁘다."

엄마가 내 엉덩이를 두드렸다. 가끔 엄마는 나에게 '내 강아지'라고 말하고 나는 엄마가 '할머니'일지도 모른다고 생각한다. 삼십사 센티미터 길이의 청 미니스커트에 검정색 칠부 레깅스, 후드 점퍼에 컨버스화만 신으면 요즘 초등학생들의 패션 아이콘이다. 내가 입는 옷은 아이들이 금세 따라 입고 내가 쓰는 펜도 아이들은 좋아라 하며 갖고 싶어 한다. 그럴 수밖에 없다. 나는 유행을 타고 태어났으니까. 오빠가 태어난 지 팔 년 만이었다. 큰언니와 작은언니는 세 살, 작은언니와 오빠는 일곱 살 터울이다. 갑자기 피자가 먹고 싶고 먹어본 적 없는 망고가 먹고 싶었던 엄마는 내가 생겼다는 걸 안 순간 입술을 깨물었다. 낳을 것인가, 말 것인가. 고민은 아홉 시 뉴스 덕분에 해결되었다. 요즘 늦둥이 출산이 붐이라는 뉴스를 보았기 때문이었다. 그날 밤 엄마는 태몽도 꾸었다. 엄마 품에 주홍색 털 인형이 쏙 들어왔다. 인형을 폭 감싸 안자 심장 뛰는 소리가 들렸다. 햇빛 때문에 인형이 주홍색으로 보인 것 같다며 엄마는 말끝을 흐렸다. 엄마는 정말 내 태몽을 꾼 것일까. 언니들과 오빠 태몽은 뒤죽박죽이다. 큰언니 태몽이 딸기라고 하더니 또 어떤 날엔 그건 작은언니였다고 하고, 오빠였다고도 한다. 내 태몽은 한 번도 헛갈린 적이 없는데 그건 큰언니가 잘 기억하고 있기 때문이다. 큰언니는 엄마 대신 팔베개를 해주고 나를 무릎에 앉혀 놓곤 한다. 엄마가 할머니로 느껴질 때마다 큰언니에게선 내가 그리는 엄마의 체취가 느껴진다. 꽃향기, 비누 향기, 과자 냄새 같은 행복한 냄새가 난다. 그렇다고 큰언니의 모든 것을 다 사랑할 수는 없다. 큰언니는 기어코 가방에 옷들을 챙겼다. 커다란 분홍 리본이 달린 모자만은 안 된다고 했지만 가방 밖으로 비죽 얼굴을 내밀고 있는 건 그 모자가 분명했다.

한 달 전, 작은언니는 결혼을 하겠다고 선언했다. 결혼 날짜를 받아 왔다고 했을 때 엄마는 입을 쩍 벌린 채 큰언니 눈치를 살폈다. 큰언니는 드라마를 보고 있었다. 눈에는 그렁그렁 눈물이 맺혔다. 이별을 앞둔 드라마 주인공 때문이 아니었다. 큰언니는 작은 언니를 부러워했다. 작은언니는 무조건 양보하지 않았다. 자신에게 도움이 되는 일들을 먼저 생각했다. 큰언니와는 딴판이었다. 엄마가 작은언니를 나무랐다.

"어차피 다 알게 될 텐데, 뭐. 그건 그렇고, 예식 중에 어린 시절 사진들을 영상으로 보여주는 게 있어. 될 수 있는 대로 단란한 모습들로 좀 찍어 와. 놀이공원이라면 배경으로도 나쁘지 않잖아. 모처럼 막내도 놀이 기구도 타고."

요는, 작은언니 결혼식 프로그램에 신랑 신부의 성장 과정을 영상으로 꾸미는 데 사진이 필요하다는 거였다. 언젠가 우리 가족이 거리로 내몰렸을 때 앨범을 잃어버렸다. 앨범뿐만이 아니었다. 그때 잃어버린 것들은 더 있었다. 작은언니가 나까지 끌어들이는 걸 보니 큰언니를 의식한 게 틀림없다. 나와 큰언니는 한통속이니까. 나를 어르면 큰언니의 마음일랑 풀어지는 건 시간 문제니까. 역시 작은언니의 계산기는 치밀하다. 작은언니가 큰언니에게 봉투를 내밀며 말했다.

"언니도 미리미리 사진 찍어놔. 결혼이라는 게 갑자기 들이닥치는 거더라구."

나는 큰언니의 머릿속에 떠오른 장면들을 상상했다. 꿈과 낭만의 세상! 판타스틱한 모험의 세계! 나 역시 독자들을 위한 새로운 공간이 필요했다. 봉투에는 놀이공원 자유이용권 티켓 다섯 장이 들어 있었다.

엄마는 여전히 거울 앞에서 머리를 매만지고 화장을 덧발랐다. 허리에 손을 얹었다 떼었다, 전후 좌우를 살피며 어떻게 사진에 찍힐 것인가 연구하는 눈치였다. 큰언니가 준비한 가방은 몇 개 더 있었다. 새벽부터 준비한 김밥과 과일, 커피까지. 큰언니는 신경 써야 할 것들이 늘 많았다.

"녹차도 좀 타라."

아버지가 큰언니에게 말했다.

"단무지도 넣었지?"

아버지가 엄마에게 말했다.

"어제 구두 닦았더니 반짝반짝해. 파리도 미끄러지겠어."

아버지가 현관에서 운동화를 신는 오빠에게 말했다. 큰언니와 엄마, 오빠는 아무런 반응이 없었다. 나는 엄마와 큰언니에게 아버지의 말을 전했다.

"녹차도 타고 단무지도 넣으래."

"보온병이 하나밖에 없어."

큰언니가 난감해했다.

"녹차는 무슨 녹차야. 커피 마셔, 커피. 단무지는 김밥에 들어 있어."

엄마는 화장품을 검정 가방에 던져 넣으며 쏘아붙이듯 말했다.

"아, 그렇지?"

아버지가 멋쩍어 하면서 돌아섰다. 아버지의 등이 흐릿했다. 아버지에게도 먼지가 되는 방법을 알려줄까. 하지만 아버지는 이미 투명한 목소리를 가졌다. 그러다 몸까지 투명해질까 봐 걱정된다. 아버지의 목소리는 나만 들을 수 있다. 아버지가 고래고래 소리를 질러도, 다정하게 이야기해도 나 말고는 듣지 못한다. 아버지의 말은 암호화되어 있는 것일까. 아버지가 밥 먹자, 라고 말하지만 다

른 사람들에겐 '안단테 피아니시모'로 들리는지도 모른다. 음악 기
호를 모르는 사람들은 결코 알아들을 수 없는 말처럼. 아버지가
손톱깎이는 어디 있느냐고 물어도, 된장찌개가 맛있다고 말해도
'안단테 피아니시모'라고 들린다면 할 수 없다. 나는 아버지의 입
을 본다. 아버지가 말하면 나는 귀를 쫑긋 세우고 입 모양을 따라
간다. 잘 들려요, 아버지. 크게 말하지 않아도 돼요. 아버지가 씨익
웃었다.

엄마는 검정 가방을 얼싸안고 맨 마지막에서야 나왔다. 가스를
잠그지 않은 것 같다며, 전화 코드를 뽑아놔야 한다며 여러 번 들
락거렸다. 우리는 엄마가 성에 찰 때까지 문과 문 사이를 들락거리
는 걸 지켜보았다.

두 달 전이었다. 근처 대형 할인 마트에서 팔백팔십팔 번째 방
문객에게 드럼 세탁기를 선물한다고 했다. 엄마는 솔깃했다. 공짜
라는 것, 줄만 잘 서면 되는 것이었으므로 혹하지 않을 수 없었다.
막 퇴근해 돌아온 큰언니는 엄마의 말이 끝나기도 전에 자리에서
일어났다. 모녀는 부리나케 할인 마트로 뛰어갔다. 그러고는 무슨
큰일이라도 난 것처럼 온 가족을 마트로 불러 모았다. 모녀의 이
런 극성쯤이야 새삼스러울 것도 없었다. 한때 엄마는 경품 타는 데
열을 올렸다. 번번이 실패하는데도 큰언니는 엄마를 응원했다. 한
번도 엄마의 사연은 방송을 탄 적 없고 행운권 추첨에서도 예외

였다. 엄마와 큰언니가 애원하는 통에 아버지와 오빠는 번갈아가며 방문 고객 행세를 했다. 아버지는 이번 기회에라도 엄마를 고생시키지 말아야 한다는 각오로 줄을 섰다. 오빠와 나는 아버지를 혼자 두고 갈 수 없어 아버지가 시키는 대로 움직였다. 마침내 엄마가 드럼 세탁기 티켓을 가슴에 품고 집으로 돌아왔을 때 데이트 약속이 있다며 엄마의 청을 거절했던 작은언니가 넋이 빠진 얼굴로 현관에 서 있었다. 무언가 낌새를 차린 아버지가 작은언니를 밀치고 현관 문을 열었다. 문은 종잇조각처럼 힘없이 열렸다. 엄마가 비명을 질렀다. 거실에는 속이 터진 베개에서 흘러나온 메밀이 흥건했고 발자국이 어지럽게 찍혀 있었다. 현관 신발장에 놓아둔 묵직한 돼지 저금통은 물론이고 돈이 될 만한 것들은 남아 있지 않았다. 엄마가 다급하게 쌀통에 손을 넣었다. 엄마 손에 검은 봉지가 딸려 나왔다. 아버지와 결혼할 때 받은 오팔 반지, 집문서, 기념주화, 적금 통장이 바닥에 쏟아졌다. 엄마는 안도의 한숨을 내쉬었다. 엄마는 낡은 검정색 합성피혁 가방에 그것들을 주워 넣었다.

"없어진 거 있나 잘 찾아봐라."

아버지가 중얼거렸다. 엄마는 부들부들 떨면서 114에 전화를 걸었다. 아버지가 아무리 112라고 해도 엄마의 손은 114를 눌렀다. 큰언니는 새 옷이 없어졌다며 울먹였고, 작은언니는 서랍을 통째로 꺼내 커플링을 찾느라 혼비백산이었다. 오빠는 조금 놀란 듯했지만 벽에 기댄 채 엠피스리를 들으며 어깨를 들썩였다. 아버지는 우리들에게 다시 한 번 말했다. 잃어버린 물건은 없니? 아무도 대답하지 않았다. 도둑은 우리들의 목소리마저 훔쳐간 것일까.

"이게 다 당신 때문이야. 이렇게 허술한 집에 도둑이 안 들어온 게 이상했지."

엄마가 대성통곡했다. 엄마의 신세 한탄은 오래도록 이어졌다. 아버지는 입맛을 다시며 주머니가 터진 양복바지에 손을 넣고 손가락을 까딱였다. 아버지는 더 이상 아무 말도 하지 않았다. 할 말이 없어서는 아닌 것 같았다.

아버지가 한꺼번에 지하철 티켓을 끊어왔다. 우리는 차례대로 티켓을 넙죽 받았다. 엄마는 자동차를 타고 가지 않아 힘들다며 불평했다. 아버지는 긴 팔을 뻗어 등을 긁적였다. 아버지가 미안해, 라고 말했지만 엄마는 툴툴거릴 뿐이었다. 엄마가 아버지 눈을 보며 말한 것은 언제였을까. 한 달 전 아버지가 음주 운전에 걸렸을 때도 엄마는 아버지의 안부보다 자동차를 먼저 걱정했다. 엄마는 간혹 사람과 물건을 비교한다. 아버지와 자동차가 그렇다. 1997년생 소나타와 쉰을 넘긴 아버지가 같은 칸에 서서 엄마의 비판을 받는다. 기능성과 안전성에서 아버지는 소나타보다 두 칸 아래로 내려간다. 아버지는 왼쪽 범퍼가 살짝 찌그러진 자동차에 비하면 호남형에 롱다리를 갖고 있다. 동네 아줌마들도 아버지를 법 없이도 살 호인이라며 엄마를 부러워한다. 엄마도 그런 점에선 아버지의 손을 들어준다. 하지만, 거기까지다. 아버지는 엄마가 바라는 남편이 될 수 없다. 아버지가 한 눈금을 좁히면 엄마는 또 한 눈금을 올릴 테니까.

놀이공원 티켓은 며칠이 지나도 제자리에 놓여 있었다. 나는 꼭 놀이공원에 가야만 했다. 첫 번째는 가족사진이 없었기 때문이다. 여름방학 숙제로 가족 신문을 만들었는데 가족사진이 없어서 얼마나 당황했는지 모른다. 앨범을 잃어버린 탓도 있었지만 그나마 남아 있는 몇 장의 사진에는 꼭 한 사람씩 빠져 있었다. 두 번째는 판타지 소설 때문이다. 나는 우리 학교 5학년들이 인정한 판타지 소설 작가다. 소설 『브리지 보이(bridge boy)』 덕분에 아침마다 내 자리는 소설을 읽으려는 독자들로 붐빈다. 나는 전날 밤을 꼬박 새워 글을 쓴다. 하루에 한 번씩 마술을 부려야만 살 수 있는 나라에 브리지 보이가 나타났다. 브리지 보이는 자신이 주워 온 아이라는 사실을 알고 절망에 빠져 집을 나왔다. 엄마가 다리 밑에서 주워 왔다고 한 말은 거짓말이 아니었다. 브리지 보이는 자신이 버려져 있던 다리를 찾아 떠돌던 중이었다. 의무적으로 마술을 하는 사람들은 이미 지쳐 있었고 마술을 쓰지 않아 죽어가는 사람들도 보였다. 브리지 보이에게 명령이 떨어졌다. 그동안 사람들이 미뤄

온 마술을 한 번에 써야 한다는 것이었다. 그러지 않으면 그 나라는 사라질 것이라 했다. 그만큼 강력한 마술이란 어떤 것인지 브리지 보이는 알 수 없었다. 사람들은 슬픈 눈으로 브리지 보이를 지켜보았다. 브리지 보이는 마침내 그 다리가 지구가 아닌 곳에 있을지도 모른다고 생각하게 된다. 아무리 마술을 부려도 그 다리는 나타나지 않았기 때문이다. 이야기는 거기에서 멈췄다. 놀이공원에 간다면 브리지 보이의 선택을 결정지을 그 무엇을 찾게 되지 않을까. 나는 절박했다. 독자들을 실망시키고 싶지 않았다. 오빠는 그런 나를 비웃었다. 나는 입을 다문 채 책상을 가리켰다. 오빠의 눈이 휘둥그레졌다. 내 서랍에 오빠의 살색 명작들이 들어 있다는 걸 깜박했는지 오빠는 일요일에 놀러 가자며 엄마를 졸라댔다. 오빠의 살색 명작, 즉 여자들이 벌거벗고 나오는 디브이디는 내 서랍에 있다. 내가 그것을 세상에 내놓기라도 하면 오빠는 엄마에게 무사할 수 없다. 무엇보다 엄마의 미역국 레퍼토리가 시작되면 그날 잠은 다 잔 거다. 엄마는 아들을 낳기 위해 백일기도를 올렸고, 허리가 꺾인 미역으로 끓인 미역국은 입에도 대지 않았으며, 오빠가 열 살 때까지 무병장수하라고 손수 수수팥떡을 만들어 온 동네에 돌렸다. 주먹이 꽤 센 편인 엄마에게 한 대 맞느니 차라리 죽는 게 나을 거라며 오빠는 진저리를 쳤다. 엄마는 일요일에 빨간 동그라미를 그리며 놀이공원이라고 썼다. 아버지가 그날은 우리 직원 모두 휴일이네, 하며 웃었다. 아버지는 건강 서적, 즉 책마다 빨간 동그라미에 갇힌 '19'가 찍혀 있는 책들을 만들기 위해 일요일에도 출근한다. 그렇게라도 해야 겨우 엄마의 지갑을 두둑하게 만들 수 있을 거라며 오빠는 제법 진지하게 말했었다. 오빠는 살색 명작이야말로 모든 인류가 사랑해야 하는 책이라고 강조했다. 그런데 왜 그 책은 엄마만 보는 것이며 장롱 서랍에 있는 이유는 무엇이냐고 나는 물었다. 모든 인류가 사랑하는 책이긴 하지만 모두가 볼 수 있다면 그 책의 가치가 떨어지기 때문이라나. 오빠는 취향이 맞지 않아 아버지가 만든 책은 보지 않는다고 했다. 이해할 수 없는 말이었다. 분명한 건 아버지가 만든 건강 서적이 세계소년소녀명작동화가 차지하고 있는 책꽂이 자리를 차지할 수도 있다는 거다. 오빠만 좋다면 살색 명작 디브이디도 함께.

지하철을 타고 놀이공원에 내렸을 때 우리 가족은 일렬종대로 입구를 향해 걸어갔다. 키가 큰 탓에 아버지라는 깃발은 눈에 잘 띄었다. 큰언니는 간혹 뒤를 돌아보긴 했지만 엄마 손을 잡지는 않았다. 계단을 올라가는데 갑자기 오빠가 내 뒤에 바짝 붙어 섰다. 오빠는 나와 나란히 걷던 두 명의 남자아이들을 순식간에 밀쳐냈다. 남자아이들이 주춤거리다 계단을 뛰어올라 갔다.

"왜 그래?"

"저 자식들이 너 엉덩이 만지려고 했어. 개새끼들."

오빠의 얼굴에 살기가 드리워졌다. 여드름 자국과 마른버짐은 외려 오빠의 화난 얼굴을 돋보이게 했다. 오빠는 작은 일에도 크게 화를 내곤 했다. 아마 그때부터였을 것이다.

출판사에 다니던 아버지는 명퇴 후 퇴직금으로 정수기 사업을 시작했다. 동업자였던 아버지의 친구가 정수기를 팔기도 전에 돈을 갖고 튀었다. 우리 가족은 거리로 내몰렸다. 나는 그때 알았다. 무더운 여름밤이 한겨울 못지않게 춥다는 것을. 봄처럼 따스했던 오빠에게 한겨울 기온이 스며들어 방출되지 않았다는 것을. 우리는 방 두 칸, 좁은 마루가 딸린 다세대주택으로 이사했다. 오빠의 방은, 없었다. 부엌의 일과가 끝나는 시간, 오빠는 독서실에서 시간을 때우고 돌아와 싱크대 아래에 이불을 펴고 누웠다. 오빠는 몸을 말고 이마를 찡그린 채 잠이 들었다. 굳게 닫힌 문과 문 사이에서 오빠는 지독한 꿈만 꾸었던 걸까. 어느 날 낡은 노트북이 생기면서 오빠는 디브이디에 푹 빠졌다. 대학에 떨어진 날에도 오빠는 여자들을 불러냈다. 모두가 잠든 한밤중에 오빠는 벌거벗은 여자들과 교신했다. 음음. 오오. 우우. 아아. 오빠의 신음 소리는 더 높이 울려 퍼지지 못하고 천장만 맴돌았다. 나는 오빠의 소리를 들으며 판타지 소설을 썼다. 오빠의 소리에는 글자들이 떠돌아다녔다. 나는 손을 뻗어 허공에 떠다니는 글자들을 잡았다. 글자들은 내가 글로 쓸 때까지 내 머릿속에서, 가슴에서 떠나지 않았다. 글자들은 쓸수록 더 많이 늘어났다. 오빠의 소리가 내게 글자들을 보내고 있었다.

지하철역을 벗어나자 맑고 푸른 하늘이 우리 가족을 맞이했다. 내 눈엔 그렇게 보였다. 하늘에서 제일 예쁘고 고운 얼굴을 보여주는 것 같았다. 나는 착각한다. 착각은 나의 행복이다. 아버지가 고급 양복을 입고 열대 과일을 사 들고 들어오는 착각, 엄마가 아침마다 커피 한 잔을 마시며 클래식을 듣는 착각, 큰언니가 웨딩드레스를 입을 거라는 착각, 작은언니가 매달 내게 용돈을 주는 착각, 오빠가 어깨를 펴고 거리를 활보하는 착각, 내가 쓴 판타지 소설이 실재가 되는 착각. 착각은 멈추지 않는다.

아무리 둘러봐도 양복이나 투피스 정장 차림의 사람은 없다. 벙거지 모자에 멜빵바지, 가벼운 점퍼와 후드 티를 입은 나들이객들 사이에서 막 결혼식장에 다녀온 듯한 우리 가족의 옷차림은 빛이 난다, 빛이. 우리는 티켓 판매소에서 손목에 자유이용권 팔찌를 차고 당당히 입구를 통과했다. 광장을 지나자 세 개의 표지판이 나타났다. 놀이공원은 미래의 나라, 환상의 나라, 동화의 나라로 나뉘어 있었다. 멀리서 공중 관람차가 보였다. 커다랗게 원을 그리며 움직이는 관람차 주위에 줄을 선 사람들은 대부분 연인들이었다.

"우리 이거 타자."

엄마는 들떠 있었다. 엄마의 눈과 발은 사방팔방으로 뻗어나갈 것 같았다.

"싫어."

나는 한 발 뒤로 물러나며 말했다.

"왜? 무섭지도 않고 전망도 구경하고 좋을 것 같은데?"

"이건 연인들이나 타는 거야."

"사진부터 찍자."

큰언니가 엄마의 옷소매를 잡아당겼다. 큰언니는 가방에서 숄을 꺼냈다. 그러고는 오빠에게 카메라를 건넸다. 엄마는 마지못해 큰언니의 손을 맞잡았고 나는 '김치'를 외치며 아버지 손을 잡았다.

맞선에서 번번이 실패하는 큰언니는 결혼하고 싶어 했다. 그저 평범하게, 평범하게 살고 싶다고 했다. 대학 입시를 앞두고 아버지의 사업이 부도가 나자 큰언니는 구인 광고 정보지를 보고 시멘트 공장 사무실에 취직했다. 퇴근해 돌아온 큰언니가 코를 풀면 휴지에 검은 먼지가 섞여 나왔다. 매일 같은 분식집에서 비빔밥을 시켜 먹고, 막돼먹은 사람들에게 성희롱을 당하고, 흰 블라우스는 절대로 입을 수 없는 사무실 경리였던 큰언니는 작은아버지의 도움으로 은행 창구직으로 자리를 옮겼지만 별로 달라진 것은 없었다. 이번엔 지갑을 들고 점심을 먹으러 나갔지만 메뉴는 늘 같았다. 큰언니가 동화 나라 표지판 앞에서 포즈를 취했다. 큰언니가 어린 시절 꿈꾸었던 동화는 어떤 이야기였을까. 호박 마차의 마법이 풀리지 않는 이야기, 초콜릿으로 만든 집에 마녀는 없는 이야기, 튼튼한 동아줄을 타고 하늘로 오르는 이야기가 아니었을까.

한 시간이 흘렀다. 큰언니는 새로운 장소를 발견하면 포즈를 취하고, 모자를 썼다 벗었다 하며 사진 찍는 데 열을 올렸다. 엄마도 큰언니와 함께 사진을 찍었다. 새로운 놀이 기구를 발견할 때마다 짧은 소감도 잊지 않았다. 줄이 길어서 통과, 옷이 젖을 것 같아서 통과, 유치해서 통과, 위험해 보여서 통과, 통과, 통과……. 나는 화가 나기 시작했다. 도대체 모두 함께 놀이 기구를 타야 할 이유가 뭐란 말인가. 큰언니는 왜 사진에만 집착하는 걸까. 브리지 보이는 어떤 결정을 내려야 할까, 지구를 떠나야 하는 것일까, 지구를 구해야 하는 것일까. 머릿속이 복잡했다.

환상의 나라 입구에서 엄마의 휴대전화가 울렸다. 작은언니였다. 작은언니는 남자친구와 함께 놀이공원에 올 거라고 했다. 맛있는 저녁은 해결된 셈이었지만 작은언니를 기다려야 한다는 부담이 생겼다. 작은언니는 '곧 도착해'라고 말해도 보통 두 시간이 지나서야 나타났고, '거의 다 왔어'라고 말하면 그 반대일 때가 더 많았다.

환상의 나라에 도착한 우리는 어떤 놀이 기구를 탈 것인가 하는 고민에 빠졌다. 아버지가 오빠와 내 등을 떠밀었다. 그리하여 선택한 놀이 기구는 우주 요격대. 표지판에는 놀이 기구를 탈 자격 요건이 적혀 있었다. 키 백이십 센티미터 이상, 임산부, 노약자, 음주자는 탑승 금지. 빠른 속도로 높이 올라갔다 내려갔다 하는 우주 요격대는 별로 위험해 보이지도 않았다. 오빠와 나는 고만고만한 아이들 틈에서 선인장 가시처럼 떨어져서 차례를 기다렸다. 아버지는 큰언니와 엄마를 벤치에 앉혀놓고 사진을 찍었다. 큰언니가 분홍 리본이 달린 모자를 꺼냈다. 나는 고개를 돌렸다.

"에이, 왜 이렇게 인간이 많은 거냐?"

내 또래로 보이는 야구 모자를 쓴 아이가 오빠와 나를 훑어보며 빈정거렸다. 깡마른 얼굴에 청 점퍼를 걸친 다른 아이는 야구 모자 어깨에 손을 얹으며 내뱉듯 말했다.

"어른이 이걸 타서 뭐하려구? 존나 웃겨."

청 점퍼가 한술 더 떴다. 그때였다. 오빠가 야구 모자와 청 점퍼의 어깨를 톡톡 두드렸다.

"니들 나한테 말한 거냐?"

야구 모자가 딴전을 피웠다. 청 점퍼는 휴대전화를 꺼내 뭔가를 확인하는 척했다. 오빠는 어떤 준비를 할 태세였다. 벤치 쪽을 보았다. 아버지는 꾸벅꾸벅 졸고 있고 엄마는 큰언니와 수다 삼매경이었다.

"나한테 말한 거냐고!"

오빠가 야구 모자의 모자를 벗겼다. 야구 모자는 오빠가 가로챈 모자를 뺏으려 들었다.

"내 모자거든요? 줘요!"

"이 자식들이 까불어?"

청 점퍼가 오빠 앞을 가로막고 섰다.

"왜 그래요? 모자 주세요, 씨팔."

오빠는 모자를 바닥에 집어던지곤 청 점퍼의 멱살을 잡았다. 위기일발의 순간이었다. 나는 오빠의 팔을 잡아당겼다.

"오빠, 우리 차례야. 얼른 타자, 응?"

"어라, 이 자식들, 아까 그놈들 아냐?"

아뿔싸. 지하철 계단에서 스친 녀석들이었다. 나는 오빠를 재촉했다. 요격대에 탑승해야 할 차례였다. 불쾌했지만 일을 크게 벌리고 싶지는 않았다. 놀이공원 직원이 무슨 일인가 싶어 우리 곁으로 다가왔다. 오빠는 주먹을 쥐었다. 긴박한 순간이 지나가고 있었다.

"무슨 일이십니까?"

직원이 오자 오빠는 아무 일 없다는 듯이 청 점퍼를 손아귀에서 살포시 놓았다. 오빠는 재빨리 내 손을 잡고 요격대 줄에서 빠져나왔다.

휴게실은 소란스러웠다. 김밥은 맛이 없었다. 커피는 미지근했고 과일은 시들했다. 큰언니는 사진 찍느라 힘이 들었는지 군소리 없이 김밥을 먹고 커피를 마시고 과일을 먹었다. 큰언니는 내 입에 김밥을 넣어주고 물도 먹여주었다. 아버지가 재채기를 하자 재빨리 휴지를 꺼내 아버지 손에 쥐어주었다. 오빠와 엄마는 머리를 조아리며 왼쪽 테이블에서 햄버거를 먹고 있었다. 김밥에는 손도 대지 않았다.

"다 큰 딸을 잘도 챙기네그려. 엄마 새, 아기 새 모냥 다정해 뵈는 게 참 좋구먼."

오른쪽 테이블에 앉아 있던 할머니가 큰언니와 나를 보며 말했다.

"우리 딸도 일찍 시집가서 말만 한 손녀가 둘이나 있어. 아주 엄마 아빠를 쏙 뺐구먼?"

할머니는 큰언니와 아버지, 나를 번갈아 보며 말했다. 할머니의 수다가 이어질수록 큰언니 얼굴은 발개졌고 나는 멍해졌다. 햄버거를 우적거리던 엄마가 할머니 쪽으로 눈을 흘겼다.

"김밥 좀 드세요."

큰언니가 할머니에게 김밥을 내밀었다. 할머니가 큰언니의 손을 덥석 잡았다.

"애기 아빠랑 백년해로해. 헤어지지 말아, 절대. 우리 딸은 이혼했어. 어린것들이 무슨 죄야……."

할머니는 손등으로 눈물 콧물을 찍었다. 나는 휴지를 감췄다. 아버지는 헛기침을 하고는 식은 커피를 마셨다. 엄마가 콜라를 벌컥벌컥 들이켰다.

"저기들 왔네. 쟤들이 내 손녀들이라우. 그럼 다녀들 가요. 잘 살아요."

할머니는 배낭을 어깨에 메고 손을 흔들고 있는 여자들 쪽으로 걸음을 옮겼다.

"대체 누구더러 엄마라는 거야?"

가만히 듣고 있던 엄마가 도시락 뚜껑을 테이블에 팽개치며 말했다.

"그냥 하는 말이지, 뭐."

큰언니는 엄마를 달래듯 말했지만 기분이 좋아 보이지는 않았다.

"여기 오면서 정장 입고 오는 사람이 어디 있냐? 젊디젊은 게 그러고 다니니까 매일 퇴짜나 맞지. 이까짓 것들이 무슨 소용 있어."

엄마가 벌떡 일어나 언니의 쇼핑백을 발로 찼다. 큰언니의 옷가지들이 바닥에 쏟아졌다.

"니가 아무리 연지 곤지 찍고 있어봐. 누구 하나 널 쳐다보기나 하나. 왜 그렇게 촌스러워. 너도 좀 꾸미고 살아."

엄마는 참았던 울분을 토하듯 큰언니에게 거침없이 퍼부었다. 큰언니가 고개를 떨군 채 김밥을 욱여넣었다.

"매일 에미 뒤꽁무니나 쫓아다니니 무슨 연애를 해. 경품 챙길 생각만 하면서 무슨 연애야, 연애가."

큰언니는 김밥을 모조리 다 먹고 숨도 안 쉬고 음료수를 마시기 시작했다.

"너 때문에 도둑 든 거야. 온 가족이 피해가 막심해, 아주."

"이 옷 사준 사람은 엄마잖아. 내가 언제 이런 거 사달라고 했냐고."

큰언니가 벌떡 일어났다.

"난 뭐 이렇게 살고 싶은 줄 알아? 할인 마트는 엄마가 가자고 했잖아. 왜 나한테만 그래. 내가 뭘 잘못했어."

큰언니가 울음을 터뜨리며 주저앉았다. 사람들이 기웃거리고 수군거렸다. 나는 우리를 보는 시선을 향해 힘껏 노려보았다. 아버지가 바닥에 팽개친 큰언니의 옷들을 챙겨 넣기 시작했다. 나도 아버지를 따라 모자를 주워 들었다. 오빠도 큰언니의 구두와 숄을 집었다. 멀리서 북소리가 들렸다. 퍼레이드 행렬이었다. 아버지가 큰언니 곁으로 다가가 앉았다.

"구경 갈래?"

아버지가 퍼레이드 행렬을 가리켰다. 엄마는 고개를 돌려 눈물을 닦았다. 큰언니가 코를 팽 풀었다. 오빠와 나는 테이블에 널린 도시락을 챙겼다.

큰언니는 팔짱을 끼고 행렬을 이끄는 놀이공원 캐릭터 커플을 바라보았다. 엄마와 오빠가 슬그머니 우리 옆으로 와 섰다. 왕자와 공주 분장을 한 배우들이 손을 흔들었다. 왕자가 모자를 벗고 무릎을 굽혀 공주에게 춤을 청했다. 공주는 토라진 얼굴로 왕자의 손을 잡았다. 행렬 가장자리에 서 있던 시종들이 박수를 유도했다. 왈츠가 흘렀다. 어릿광대가 막대 풍선을 불었다. 빠른 손놀림으로 강아지, 꽃, 하트를 만들어 관객들에게 선물했다. 아이들이 아우성을 치며 몰려들자 어릿광대는 금세 사람들 속에 갇혀버렸다. 어릿광대가 키 작은 한 아이에게 하트를 건넸다. 키가 큰 아이가 하트를 가로채려다 놓치고 말았다. 하트는 마법에 걸린 것처럼 사람들의 손에 쉬이 잡히지 않았다. 하트가 우리 앞에 떨어지려는 순간 오빠가 팔을 뻗어 하트를 잡았다. 나는 내심 기다리고 있었다. 서랍 속 살색 명작을 안전하게 지키려면 나에게 줘야 마땅했다. 그러나 오빠는 엄마에게 하트 풍선을 내밀었다. 엄마는 풍선이 터질까 봐 조심스럽게 받았다. 꽃이라도 되는 것처럼 향기를 맡아보고는 불쑥 큰언니에게 하트를 안겼다.

미래의 나라에 도착하자 엄마는 무슨 일이 있어도 온 가족이 탈 수 있는 놀이 기구를 타야겠다고 별렀다. 큰언니도 사진 찍는 데

지친 것 같았다. 작은언니는 아직 소식이 없었다. 전화도 받지 않았다. 멀리 하늘에는 새털구름이 하얀 포말 같은 파도를 몰고 이동하고 있었다. 이러다가는 아무런 놀이 기구도 못 타고 갈 게 뻔했다. 나는 근처에 있는 롤러코스터로 향했다. 『브리지 보이』만 생각하기로 했다. 독자들은 내 소설을 읽기 위해 간식을 챙겨들고 올 것이다. 내 한 몸 희생해서 독자들을 감동시킬 수만 있다면 못할 게 없다.

"그거 무서워 보이는데?"

등 뒤에서 호기심 어린 엄마의 목소리가 들려왔다.

"응. 그게 장점이자 단점이지."

"아이구, 그럼 난 안 탈란다. 너 얼른 막내랑 타고 와라. 우린 여기 있으마."

엄마가 오빠의 등을 떠밀었다. 오빠가 쭈뼛거리며 앞장섰다.

오빠와 나는 맨 앞자리에 앉았다. 롤러코스터의 묘미는 맨 앞자리다. 오빠와 내가 처음으로 의기투합한 셈이었다. 안전 보호대가 조여지고 안내 방송이 나왔다. 안전 보호대에 손을 올려놓는 순간, 나는 덥석 오빠 손을 잡았다.

"이거, 안…… 무섭……겠지? 그렇지?"

막상 자리에 앉고 보니 겁이 났다.

"니가 타자고 했잖아?"

"그랬지. 그랬지만⋯⋯ 나, 내린다고 하면 안 되겠지?"

오빠가 싱긋 웃으며 내 손을 덥석 잡았다. 그리고 낮게 속삭였다.

"오빠만 믿어라. 오빠가 여기 있잖아."

출발 신호와 함께 롤러코스터가 움직이기 시작했다. 악마의 굴이 저기 있었다. 혼돈과 혼미의 세계, 짜릿한 스릴이 공포로 다가올지도 몰랐다. 롤러코스터가 급하강을 시작했다. 끝없는 나락의 세계가 우리를 괴롭혔다. 트위스트 두 번, 곤두박질 일곱 번. 롤러코스터는 정확했다. 드디어 롤러코스터가 긴 질주를 마치고 정차역에 도착했다. 안전 보호대가 올라갔을 때 오빠는 내 손을 꼭 잡은 채 눈을 감고 있었다.

오빠가 계단 난간을 꼭 잡고 한 발 한 발 천천히 내려갔다. 뒤에서 사람들이 오는 소리가 들리면 난간 옆에 붙어 길을 터주었다. 나는 오빠 뒤에 섰다. 오빠의 등은 작고 연약해 보였다. 나는 힘껏 오빠 등을 두드렸다.

"무서워? 무서운 척하는 거지?"

오빠가 깜짝 놀란 얼굴로 뒤를 돌아보았다. 겁에 질린 얼굴이었다.

"너 안 무서워?"

오빠가 조금 전의 나를 떠올리고 있었다.

"무섭긴 뭐가 무서워?"

나는 손을 흔들고 있는 아버지를 향해 한달음에 달려갔다. 롤러코스터는 두 번 다시 타지 않겠노라고 하늘에 맹세하면서.

엄마가 대단한 것을 발견한 것처럼 내 팔을 잡아끌었다.

"저기 있다, 저기. 얼른 가서 줄 서자."

"응? 뭐가? 뭐가 있다고?"

엄마가 내 어깨를 감싸 안으며 오빠에게도 손짓했다.

"저기 있어. 찾았어. 사람도 많지 않아."

큰언니가 앞장서며 말했다. 역시 엄마와 큰언니는 명콤비였다. 나는 오빠를 앞질러 뛰어갔다.

악. 어떻게 저런 유치하고 조악한 놀이 기구가 다 있담. 엄마와 언니가 우리를 데려간 곳은 은하 열차였다. 걸음을 멈춤과 동시에 어깨가 축 처졌다. 은하 열차 주변에는 유치원생쯤 돼 보이는 아이들과 젊은 부모들뿐이었다.

"정말 이걸 타자고?"

오빠가 어이없다는 듯 말했다. 엄마는 정색하며 오빠의 말을 되받았다.

"뭐가 어때서 그래?"

엄마는 대수로울 것도 없다는 표정이었다.

"뭐야? 죄다 애들이잖아."

"야, 잔소리 말고 얼른 줄이나 서."

그리하여 우리 가족은 은하 열차에 탑승했다. 트위스트, 곤두박질 따위는 없는, 회전목마처럼 빙글빙글 돌며 위아래로 움직이는 게 전부인 놀이 기구였다. 놀이공원 직원이 안전 점검을 하기 위해 돌아다녔다. 엄마는 허리 앞에 내려진 안전 보호대를 잡고 가방에서 요란하게 울고 있는 휴대전화를 꺼냈다.

"응, 여기가 어디냐면 미래의 나라에 있는 은하 열차야. 잘 찾아와. 우린 지금 떠난다."

들뜬 엄마의 목소리는 어린아이들만 타는 놀이 기구라는 걸 잊게 했다.

"고객님, 가방은 밑에 내려놓으세요."

안전 요원이 심상한 눈빛으로 엄마에게 말했다. 엄마가 꼭 껴안고 있는 검정 가방을 말하는 거였다. 엄마는 고개를 절레절레 저었다.

"엄마, 내려놔. 아무도 안 가져가."

엄마는 꼼짝도 안 했다. 직원이 어쩔 수 없다는 듯 물러섰다. 은하 열차가 움직이기 시작했다. 어린아이들이 환호를 질렀다. 아. 나도 어린아이처럼 환호가 절로 나왔다. 오빠는 조금 전의 악몽은 잊은 듯 엠피스리를 켜고 이어폰을 꽂았다.

"어, 저기 둘째 왔다."

엄마가 검정 가방을 흔들어 보였다. 작은언니가 은하 열차 아래에서 남자친구와 함께 손을 흔들며 서 있었다. 큰언니가 다른 곳으로 시선을 돌렸다. 은하 열차는 느린 속도로 하늘을 밀고 올라갔다. 금발에 가죽 부츠를 신은 브리지 보이가 멀리 보였다. 그래, 브리지 보이가 은하 열차를 탄 순간 은하 열차는 지구를 떠나는 거야. 브리지 보이가 찾던 그 다리는 외계에 있었어. 외계에서 아들을 잃어버렸던 엄마는 아들을 찾기 위해 마법을 참아야 했지. 그것만이 아들을 찾을 수 있는 방법이라고 했거든…….

작은언니가 우리 쪽을 향해 셔터를 눌렀다. 설마 유치한 놀이 기구를 타고 있는 모습을 찍으려는 건 아니겠지. 그럼에도 나는 작은언니가 있는 쪽으로 은하 열차가 다가가면 눈을 크게 뜨고 입꼬리가 올라가도록 웃었다. 나도 내 마음을 알 수 없었다. 원을 그리며 돌던 은하 열차에 서서히 속도가 붙었다. 뒷좌석에 앉은 아이가 숨이 넘어갈 듯 울기 시작했다. 태양이 가까워졌다가 멀어졌다. 나는 손차양을 하고 태양을 올려다보았다. 태양을 감싸고 있던 새털구름이 한곳으로 모아졌다. 주홍빛 구름은 은하 열차 쪽으로 길게 뻗어 있었다. 그 구름을 사뿐히 밟으며 브리지 보이와 브리지 보이의 엄마가 서로를 향해 한 발짝씩 걸음을 옮겼다. 브리지 보이는 죽어 있는 사람들을 살리는 마술로 나라를 구했다. 잃어버린 엄마를, 형제를 다시 만나게 된 사람들은 기뻐했다. 그때 브리지 보이를 키워

준 엄마가 슬픈 얼굴로 나타난다. 브리지 보이는 고민한다. 지상에서 브리지 보이를 부르는 누나와 동생의 목소리가 들린다. 브리지 보이가 그쪽으로 향한다. 나는 그 모습을 놓치지 않으려고 오래오래 하늘을 올려다보았다.

은하 열차에서 내려 작은언니에게로 다가갔다. 작은언니와 남자친구는 디지털카메라 액정 화면을 신기한 듯 바라보고 있었다. 작은언니가 카메라를 내 눈앞에 들이밀었다.

"봐. 신기하지?"

참 이상한 사진이었다. 작은언니가 검지와 중지로 브이를 만들어 포즈를 취했을 때 우리가 탄 은하 열차가 지나고 있었다. 얼굴이 흐릿하긴 했지만 한눈에 우리 가족이라는 걸 알 수 있었다. 아버지는 엄마의 어깨를 감싸 안았고 오빠는 겁을 먹은 표정이긴 했지만 두 손을 높이 올려 만세를 외쳤다. 내 얼굴은 하늘로 향해 머리카락만 보였다. 그리고 작은언니의 브이 안에서 콩알만 한 큰언니가 활짝 웃고 있었다. 그것은 우리가 처음으로 찍은 가족사진이었다.

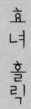

효
녀　홀
릭

넌 그 효녀 애길 믿는 거야? 휴대전화 말고 니 머리나 충전시켜. 세상을 좀 똑바로 보라고. 효녀는 내가 원해서 되는 게 아니라 사람들이 올가미를 씌워서 탄생하는 거야. 효행상만 해도 그래. 누군가 나를 지켜보고 있다가 주는 거잖아. 평소에 품행이 방정하고 공손할수록, 너처럼 상냥한 목소리를 가진 사람일수록 걸려들기 쉽지. '밥 줘' 가 아니라 '밥 좀 주시겠어요' 한 게 화근이라면 화근이지. 야, 전화 올 데라도 있어? 휴대전화 갖고 장난치지 마. 열 때마다 소리 나는 거 소음 공해야. 어쨌든, 앞이 안 보이는 아비가 동냥젖으로 키운 자식에게 공양미 삼백 석이면 눈을 뜰 수 있다고 말해. 그 말을 들었을 때 걔가 어땠겠니? 우리는 또 어떤 조짐이 있고 징후가 있다면 그걸 해치워야 속이 풀리는 이 땅의 처녀들 아니니? 방법이 있으면 다 해보자는 게 우리 민족의 영원한 호기 아니냐고. 인당수의 성난 파도를 잠재우려는 중국 상인들이 나타난 건 운명일까. 운명은 재단하기 나름인데 비껴갈 수도 있지 않았을까. 아비 눈을 뜨게 하려고 시퍼런 바다에 빠진 효녀의 심정을 이해해. 하지만, 거기까지야. 효녀는 아비를 찾지 말았어야 해. 바다에서 연꽃 타고 나와 임금의 부인이 됐으면 그걸로 만족했어야 한다고. 핵심은 이제부터야. 어, 잠깐만. 전화 좀 받고.

발신자가 애인임을 안 혜랑은 휴대전화를 들고 교무실 밖으로 나갔다. 하교 시간이 지난 터라 교무실은 한산했다. 혜랑은 부모를 잘못 만났으면 버릴 줄도 알아야 한다는 확고한 신념을 갖고 있었다. 그녀의 부모는 다섯 아이를 책임지지도 못한 주제에 갖은 구타와 욕설을 퍼부었고 매달 월급을 몽땅 뺏어갔다. 혜랑은 손끝에 묻은 먼지를 떨어내듯 부모를 버리는 일쯤 아무것도 아니라고 말했다. 부모에게서 독립하고 연락처 변경하기, 의외로 단순했다. 그렇게 하고 나니 부모 곁에서 떠나는 일은 어렵지 않았다고 했다. 혜랑이 영선에게 가르쳐주려는 건 그거였다. 버리고 떠나기. 혜랑은 자라온 환경이 비슷한 영선에게 당부하곤 했다. 영선은 엄마를 버리지 않고 떠나보내려다 다른 소용돌이에 갇혀버렸다. 차마 혜랑에게 그 말은 하지 못하고 있었다.

지난봄, 영선은 출산휴가 중인 교사를 대신해 5학년 임시 담임을 맡았다. 정식 교사가 될 날을 손꼽아 기다리는 영선에게는 더없이 좋은 기회였다. 영선은 이틀 만에 반 아이들의 이름을 외우고 가정환경 조사서로 세밀한 탐색을 시작했다. 부모와 형제들과 사는 아이들의 지면은 어른의 필체가 보여주듯 위엄 있어 보였다. 편부, 편모와 사는 아이들도 적지 않았다. 유미르. 반에서 공주님으로 불리는 아이 다음에 미르의 이름이 있었다. 미르의 보호자는 할아버지였다. 첫 칸에 또박또박 쓴 글씨는 아래 칸으로 내려갈수록 흘림체로 변했다. 미르의 장래희망 란은 비어 있었다. 희미하게 연필로 적었다 지운 자국이 있는 걸로 보아 미르는 아직 무엇이 되고 싶지 않은 것인지도 몰랐다. 영선은 미르의 마음에 꿈이 스며들기를 바라며 빈칸을 쓰다듬었다. 미르의 4학년 담임은 미르가 외톨이라고 했다. 아이들에게 따돌림을 당하는 외톨이가 아니라 아이들을 따돌려 스스로 고독을 즐기는 외톨이. 영선은 교사로서 책임감을 느꼈다. 늦기 전에 미르의 할아버지를 만나 미르의 문제를 상의해야겠다고 생각했다. 영선은 의욕적인 교사의 모범을 보여야 한다는 야릇한 흥분에 사로잡혔다.

미르의 할아버지인 봉조 씨의 쌀가게는 주택가 골목, 신축 건물 일 층에 있었다. 영선을 기다리고 있던 봉조 씨는 손에 쥐고 있던 호두 두 알을 주머니에 넣고 영선에게 깍듯이 인사했다. 양곡이 차

곡차곡 쌓여 있는 가게 안은 서늘한 기운이 감돌았다.

낮에만 기거하는 곳이라 좀 누추합니다.

영선은 봉조 씨를 따라 방으로 들어갔다. 두 사람이 누울 정도의
비좁은 방에는 이불 한 채와 십사 인치 텔레비전, 소형 냉장고, 삼
단 서랍장이 있었다. 봉조 씨가 냉장고에서 매실차를 꺼냈다. 직접
담근 거라며 사기그릇에 덜어 영선 앞에 놓았다.

우리 미르가 외로운 아이라 많이 걱정됩니다. 어미 아비가 일찍
뜨는 바람에 본데없단 얘길 들을까 봐 그게 늘 좌불안석이지요. 타
국에서 식료품 가게를 하다가 강도를 당했어요. 손주 녀석만이라
도 살아줘서 얼마나 고마운지 몰라요. 그저 이 녀석 하나만 바라보
고 삽니다.

유감입니다. 미르는 바르고 예쁜 아이예요. 교사에게 그런 아이
는 축복입니다.

그럴 겁니다. 집에서 하는 양을 보면 밖에서 어찌 지내는가는 소
상히 보이니까요. 여자의 손길이 없어 간혹 천방지축이지요. 그
렇다고 이 나이에 제가 장가를 들 수도 없는 노릇이라……. 그저
선생님께서 잘 봐주시길 바랍니다.

매실차를 마시는 봉조 씨의 윤곽이 선명하게 영선의 눈에 들어
왔다. 곱게 팬 주름살, 겸손한 어투와 건장한 풍채, 당도를 맞춘 매
실차까지 봉조 씨는 나무랄 데가 없었다. 엄마가 떠오른 데에는 특

별한 이유가 필요하지 않았다. 영선을 가운데 놓고 외로운 두 사람이 떨어져 있는 상상도 억지가 아니었다. 엄마에게도 엄마를 아껴줄 만한 사람이 있으면 좋을 터였다. 나이 든 부부가 손을 잡고 산책하는 풍경은 얼마나 아름다운가. 서로 의지하며 도란도란 늙어가는 모습은 살아 있는 명화가 아닌가.

언니와 오빠가 정기적으로 보내오던 생활비가 끊기면서 영선이 엄마의 젖줄이 되어버렸지만 영선은 원망하지 않았다. 아버지 병수발에, 엄마의 푸념에, 형제들은 지칠 대로 지쳐 있었다. 막내인 영선은, 언니와 오빠가 어렵게 학교에 다니던 무렵에도 엄마의 편애로 좋은 옷을 입었고 피아노 학원에도 다녔다. 공교롭게도 영선이 상급 학교에 진학할 무렵에는 형제들이 직장인이었고 엄마의 수중에도 별안간 목돈이 생기기도 했다. 영선은 형제들이 힘들게 차린 맛있는 밥상을 얻어먹는 것 같아 마음이 편치 않았다. 우연한 행운이라고 생각했던 마음도 있었지만 영선은 더 이상 그것이 자기 몫이 아니란 걸 곧 깨달았다.

엄마와 단둘이 다세대주택에 살고 있는 영선의 미래는 빤했다. 엄마는 시도 때도 없이 전화를 걸어와 하소연했다. 영어 선생과 데이트를 할 때도 전화는 자주 걸려왔다. 전화 통화만으로도 영선의 집안 분위기를 파악하는 건 쉬웠다. 결국 영어 선생은 갖은 핑계를 대며 영선을 피했다. 영선은 이렇게 살면 안 된다고 생각했다. 결혼이 문제가 아니었다. 아버지가 돌아가신 후부터 엄마는 건강염려증에 빠져 온갖 건강 기구들을 사들였다. 낮에는 동네 아줌마들을 불러 잔치를 벌이고, 밤에는 안구건조증을 고치겠다며 양파 껍질을 벗겨 억지 울음을 울었다. 영선은 엄마를 자신의 삶에서 분리시켜야 한다고 생각했다. 엄마의 멋진 미래를 위해서.

두 사람의 만남은 의외로 순조롭게 이어졌다. 남우세스러워서 싫다고 할 줄 알았던 엄마는 영선의 말이 떨어지자마자 무슨 옷을 입어야 좋겠냐며 장롱을 뒤적였다. 미르 편에 보낸 편지를 받아 본 봉조 씨도 선생님의 어머니를 만나게 되어 영광이라며 전화를 걸어왔다.

도심에서 떨어진 별 네 개짜리 호텔 스카이라운지. 첫 만남의 장소를 물색하겠다는 영선의 말에 봉조 씨가 제안한 곳이었다. 노인들이 맞선 보는 장소로 유명하다는 봉조 씨의 말처럼 노년의 커플들이 담소를 나누고 있었다. 스무 살의 열기가 장전된 가슴은 그대로인 듯했다. 그들은 연애의 시작을 성실하게 수행하며 서로를 탐색하는 즐거움을 만끽하고 있었다.

봉조 씨는 지긋한 시선으로 엄마를 바라보며 자주 고개를 끄덕였다. 엄마가 영선의 발을 툭 쳤다. 영선은 의아한 눈으로 엄마를 보았다.

음악이 좀…….

엄마의 목소리는 피아노 선율을 차고 튀어 올랐다. 영선은 모녀 간의 일상적인 대화일 뿐이라는 투로 엄마에게 물었다.

음악이 왜……요?

너무 졸려. 음악이 너무 나른하지 않니?

그래…… 요? 그런데……요?

나 좀 봅시다.

영선이 얼버무리는 사이 봉조 씨가 종업원을 향해 번쩍 손을 들었다. 영선과 엄마는 봉조 씨와 사뿐하게 걸어오는 종업원을 번갈 아 바라보았다. 봉조 씨는 중절모를 고쳐 쓰고 테이블 앞에 선 종 업원에게 말했다.

음악이 좀 나른하오. 바꿔줄 수 있겠소?

네, 손님. 어떤 음악으로 바꿔드릴까요?

듣고 싶은 음악이 있으십니까?

봉조 씨가 종업원의 사투리 섞인 억양을 부드럽게 걸러내어 엄 마에게 물었다. 당황한 엄마는 손을 내저으며 말했다.

아유, 아니에요. 괜찮아요.

영선은 테이블을 떠나는 종업원에게 커피 리필을 부탁했다. 엄 마가 영선의 발을 툭 쳤다. 저 노인네 왜 저러니? 남자답고 좋은 데, 뭐. 영선은 엄마의 발을 슬그머니 밀어냈다.

봉조 씨는 엄마의 짝으로 제격이었다. 까다로운 엄마를 넉넉하게 받아주려는 마음씨만으로도 알 수 있었다. 스무 살이라면, 음악이 마음에 들지 않는다는 말에 곧장 자리를 박차고 나갔을지도 모른다. 차 한 잔 값의 권리를 챙기려는 노인의 품새에서는 여유가 배어났다. 봉조 씨가 계산서를 끌어당기며 말했다.

저녁 어떠십니까? 제가 잘 아는 한정식집이 근처에 있습니다만……

아니에요.

좋아요.

영선과 엄마가 동시에 말했다. 봉조 씨는 사양하는 엄마에게 시선을 주었다.

드시고 싶은 게 있으면 말씀해보세요.

영선은 묵살당했지만 개의치 않았다. 외려 봉조 씨가 영선에게 눈길 한 번 주지 않아 다행이라고 생각했다. 엄마의 뜻에 귀 기울이고 있다는 것만으로도 봉조 씨는 엄마에게 반한 것이 틀림없었다.

호텔 밖으로 나와 영선은 부러 엄마와 봉조 씨 뒤로 처져 걸었다. 봉조 씨는 엄마에게 자주 말을 걸었고 엄마는 입을 가리고 웃었다. 엄마는 어느 결에 봉조 씨와 발을 맞춰 걷고 있었다. 언젠가는 뒷짐을 지고 걷는 봉조 씨의 손이 엄마의 손을 잡고 엄마의 손가락에 반지를 끼워주고 팔베개를 하게 되리라. 영선은 주문을 외우듯 살풋 눈을 감으며 길게 숨을 내쉬었다.

봉조 씨를 따라 들어선 한정식집은 호텔과 가까웠다. 단아한 인상의 여주인이 봉조 씨를 알은체하며 자리를 안내했다. 여주인이 방문을 열었을 때 영선은 놀라고 말았다.

안녕하세요, 할머니. 안녕하세요, 선생님.

분홍 베레모를 쓴 미르가 자리에서 일어나 정중하게 인사했다.

어, 미르야. 오……래 기다렸니?

영선은 당황했지만 자연스럽게 행동하려고 애썼다.

조금 전에 왔어요.

미르가 한정식집에서 일행을 기다리고 있었다는 것은 사전에 봉조 씨와 합의가 되었을 것이다. 그럴 수도 있다. 어차피 저녁을 먹어야 할 시간이었고, 손녀딸 혼자 저녁을 먹게 하고 싶지 않은 할아버지의 마음을 이해 못할 바는 아니었다. 새침하게 앉아 있던 미르가, 천연스럽게 할머니라고 부르는 미르가 꺼림칙한 건 편견일지도 몰랐다. 방으로 들어서자 미르는 영선의 옆으로 와 자리를 잡고 앉았다. 봉조 씨는 안쪽에 엄마를 앉히고 엄마의 겉옷을 옷걸이에 걸어놓았다. 모직 중절모와 자주색 재킷은 오래전부터 거기 걸려 있었던 것처럼 잘 어울렸다.

전화를 끊고 교무실로 들어온 혜랑은 먼 산을 바라보고 있는 영선의 의자를 제 앞으로 돌려놓으며 말했다.

거두절미하고 포인트만 이야기한다. 효녀가 왜 아비를 찾지 말아야 했느냐! 아비는 가족을 만들 잠재적 능력이 있다는 거지. 효녀를 동냥젖으로 키운 그 능력, 대단한 친화력을 갖고 있는 사람이라는 거야. 우는 아이 젖 준다고 우는 남자 지나칠 여자가 몇이나 되니? 오빠가 아빠 되고, 저기가 자기 되는 건 순식간이야. 우리나라는 수많은 동생과 언니들, 오빠와 형이 이끌어가는 거대한 가족의 나라잖아. 식당에 가봐. 다들 이모, 고모라고 부르지. 너처럼 숫기 없는 애가 나한테 덥석 언니라고 부르는 것만 봐도 그래. 서로 끈끈한 정을 나누다 보면 가족의 끈이 생기지. 가족처럼 사랑을 나누고 가족처럼 슬픔을 다진다고. 그게 함정에 빠지는 시초인데 말이야. 결혼? 결혼은 나누기가 아니라 더하기야. 너의 가족과 나의 가족을 더하는 거라고. 수학의 더하기처럼 정직하고 아름다우면 무슨 문제겠니? 가족에게는 공식이 필요하지 않아. 동정과 인내만을 요구하지. 무조건! 참, 너, 내 이름 부를 생각은 하지 마라. 언니라고 부르다가 갑자기 이름 부르려면 어색하지 않겠어? 어, 쟤들 아직 집에 안 갔네?

혜랑은 자리에서 일어나 창가로 다가갔다. 운동장에서 뛰어노는 아이들이 자기 반 아이들이라는 걸 알고는 손을 흔들었다. 하교하라는 혜랑의 말을 알아듣지 못한 아이들이 혜랑에게 전화를 걸었다. 혜랑은 그제야 나긋한 음성으로 아이들과 인사할 수 있었다. 효녀가 아비를 찾지 말았어야 한다는 건 아무리 생각해도 야속하다고 영선은 생각했다. 아비와 잘살 수 있는 동반자를 찾아 떠나보내는 것, 효녀가 생각하지 못한 일이었다. 영선은 계산을 잘못했을 뿐 자신의 생각이 틀렸다고는 믿고 싶지 않았다.

봉조 씨와 엄마는 첫 만남 이후 못다 한 사랑을 나누듯 매일 만났다. 어느 날 봉조 씨와 데이트를 하러 나섰던 엄마는 갖고 가야 할 물건이 있다며 다시 들어왔다. 엄마가 사 모은 건강 보조 기구들이 하나둘씩 자취를 감추고 있었지만 영선은 묻지 않았다.

애, 사람 좀 불러.

누굴?

이걸 갖고 나가야 돼. 일꾼 좀 불러줘.

한여름에 전기담요는 왜?

봉조 오빠 허리가 약해. 자기장이 몸에 좋다잖아. 그나저나 이건 효험이 있어야 할 텐데. 안마기는 영 시원치 않더라고. 보료는 너무 딱딱하고. 순 사기였나 봐.

오빠?

오빠라고 부르니까 오래전부터 알고 있던 사이 같더라. 젊어진 기분도 들고.

아저씬 엄마를 뭐라고 불러?

애기.

뭐?

연애하면 다들 그렇게 부르잖아.

엄마가 천연스럽게 말하는 바람에 영선은 드러내놓고 웃을 수 없었다. 또한, 오빠와 애기의 사랑을 누가 말리겠는가. 영선은 진심으로 두 사람의 사랑을 축복했다.

며칠 후, 봉조 씨와 엄마는 근교의 섬으로 나들이를 가면서 미르를 영선에게 데려다 주었다. 미르는 영선이 내준 테이블에 붙어 움직이지 않았다. 미르는 영선이 여러 번 권유한 끝에 비스킷을 집어 조금씩 깨물어 먹었다. 미르의 담임이 일 년 휴가를 신청해놓은 터라 영선은 아직 미르의 담임이었다. 미르는 교실에서도 자주 턱을 괴고 창밖을 바라볼 뿐 물어보는 말 외에는 먼저 말을 건네지 않았다.

마루에 어둠이 스며들었다. 영선은 미르에게 목걸이 마을을 보여줄 참이었다. 목걸이 마을은 영선이 집으로 오기 전 거쳐 오는 단독주택의 숲이었다. 그 숲은 한 개의 외등과 통유리 창, 소박한 정원, 금색 철제 대문으로 둘러싸여 자기만의 세상을 밝히고 있었다. 아파트와 빌라에 파괴당하지 않고 유행과 날씨에 아랑곳하지 않는 숲을 지날 때면 영선은 이곳의 주민이 되어 살아갈 날을 기대했다. 그림을 그리고 있던 미르에게 영선이 말을 꺼냈다. 자신만의 이야기를 털어놓거나 공유하고 있는 비밀이 생기면 미르와 더 친해질 수 있을 것 같았다.

자, 저기를 봐. 아까보다 더 환해졌지. 불이 하나씩 켜졌잖아. 가로등마다 꼭짓점을 찍어. 찍었니? 그래, 그다음에 눈으로 꼭짓점을 하나씩 이어봐. 어때? 목걸이가 완성되지?

그건 집이에요. 목걸이 같은 건 없어요.

그래, 그렇지. 목걸인 없는데 상상을 해보는 거야.

할아버지도 늘 그런 말을 해요. 내가 언제나 너를 돌봐줄 수 없다고. 얼른 커서 떠나래요. 나는 떠나는 게 뭔지 상상이 잘 안 돼요. 엄마처럼 아빠처럼 죽어버리면 그게 떠나는 건가요? 나는 왜 아직도 안 크고 있는지 잘 모르겠어요.

목걸이 마을에서 싸늘하게 시선을 뗀 미르는 바닥에 엎드려 다시 그림을 그렸다. 무엇이 이 아이의 마음에 스몄기에 채 펼치지도 않은 어린 삶을 헐값으로 치부하는 것일까. 또래에 비해 작은 체구인 미르는 감정 기복이 심하지 않았다. 단정하고 깔끔한 차림에선 선뜻 다가설 수 없는 냉랭함을 풍겼다. 아이들과 다투는 일도 거의 없었다. 분을 못 이겨 떼를 쓰는 아이들 곁에는 어른의 체온이 느껴지는 미르가 앉아 있었다.

엄마는 자정 무렵 돌아왔다. 봉조 씨는 영선이 차 한잔하고 가라는 제의를 끝내 뿌리쳤다. 봉조 씨는 미르를 데리고 있어준 것만으로도 고맙다며 서둘러 돌아갔다. 엄마는 연신 웃기만 했다.

애, 얼마나 재밌었는지 몰라. 봉조 오빠는 말솜씨가 끝내줘. 느긋하게 얼굴색도 안 변하면서 읊어대는 풍월 하며 청년이야, 청년. 참, 내일 우리 바다에 가기로 했어. 오빠가 바다를 좋아한대. 나랑 참 잘 맞는다니까. 김밥 주문 좀 해. 너랑 미르도 가는 거야.

엄마는 영선을 쫓아다니며 유람선 데이트를 소상하게 들려주었다. 봉조 씨는 선상에서 색소폰 부는 흉내를 냈다고 한다. 엄마는 입술을 모아 색소폰 소리를 내고 가슴에서 조금 떨어진 자리쯤에 두 손을 위아래로 놓은 채 현란하게 손가락을 움직였다. 상체를 소리에 맞춰 젖혔다 숙였다 하고 두 발을 벌리고 선 것까지 봉조 씨는 영락없는 색소폰 연주자였단다. 봉조 씨는 청중들의 박수에 화답하면서 엄마의 어깨를 살짝 안아주었다고 한다. 엄마는 봉조 씨의 품에 안긴 양 고개를 숙이고 몸을 배배 꼬았다. 엄마의 얼굴은 화색이 돌다 못해 넘칠 지경이었다. 영선은 진즉에 엄마의 인연을 만들어주지 못한 자신을 탓했지만 더 늦지 않은 것이 다행이라고 생각했다.

미르의 분홍 모자처럼 화사한 날이었다. 봉조 씨의 낡은 자동차를 타고 가는 동안 엄마는 봉조 씨에게 음료수를 물려주고 과자를 먹여주었다. 봉조 씨는 달콤한 것을 오물거리며 흡족해했다. 두 사람의 이야기에는 그들만의 암호와 기호가 섞여 있어 끼어들 틈이 없었다. 사랑에 빠진 연인들다웠다. 미르는 제 무릎 위에 올려놓은 과자는 건드리지도 않고 끈질기게 창밖만 바라보았다.

엄마는 꽃지 해수욕장을 걸으며 이운 햇빛을 몸으로 껴안으려는 듯 부신 태양과 눈을 맞췄다. 봉조 씨는 뒷짐을 지고 엄마의 곁을 지키고 있었으나 가끔 늘어지게 하품했다. 미르는 운동화를 벗어 양손에 끼고는 모래사장을 네 발로 질주했다. 영선은 세 사람이 서 있는 자리에 꼭짓점을 찍어 선을 이었다. 엄마에서 봉조 씨로 봉조 씨에서 미르로 이어진 선은 완벽한 가족사진이었다.

소나무 숲에서 도시락을 나눠 먹은 뒤 엄마는 고즈넉한 눈빛으로 주위를 둘러보았다. 그때, 봉조 씨가 나뭇가지로 흙을 고르던 미르를 잡아끌어 무릎에 앉혔다.

영선 양에게 할 말이 있습니다.

영선은 봉조 씨를 마주보며 앉았다. 엄마는 앉은걸음으로 봉조 씨 쪽으로 몸을 기울였다.

늙은이들이 연을 맺는다는 게 어색하고 부끄러워서 이제야 말을 꺼냅니다. 어머니와 혼례를 올리기로 했어요. 일가친척이야 다들 명줄 따라 간 터라 알리고 말고 할 것도 없고 여기 있는 사람들만 동의한다면 우리 결혼은 순조로울 것 같습니다.

봉조 씨가 점퍼 주머니에서 네모난 상자를 꺼냈다. 보석함이었다.

내친김에 여기서 조촐한 결혼식을 대신했으면 좋겠어요. 사내

대장부가 사모하는 여인에게 면사포를 씌워줘야 마땅하나 이 사람이 거추장스럽다고 거절하기에 얕은 머리로 생각해낸 게 이겁니다. 야외 결혼식이라고 해두지요.

봉조 씨는 엄마의 손을 잡고 보석함에서 꺼낸 반지를 끼워주었다. 반지는 잘 맞았다. 엄마의 얼굴에 부끄러움과 가벼운 흥분이 교차했다.

축하해요, 할아버지 할머니. 오래오래 행복하게 사세요.

미르가 일어나 할아버지, 할머니 뺨에 뽀뽀했다. 두 사람은 미르의 등을 토닥이고 뺨을 비볐다. 미르가 쉽게 엄마를 할머니로 받아들여 영선은 마음이 놓였다. 부드러운 새소리가 소나무 숲 사이로 퍼졌다.

봉조 씨의 자동차가 주차된 곳으로 향하는 동안 네 사람은 간혹 숲을 훑어보거나 떨어진 나뭇잎들을 주워 만지작거리다 날려 보냈다. 엄마는 미르에게 나무 이름을 가르쳐주기도 하고 봉조 씨에게 나무 이름을 묻기도 했다. 엄마와 미르가 앞장서서 멀리 떨어져 걸을 때쯤 뒤로 처져 있던 영선에게 봉조 씨가 걸음을 맞췄다.

영선 양에게 못한 말이 있습니다.

네, 말씀하세요.

영선은 봉조 씨의 하얀 운동화에 시선을 두었다.

한적한 곳에 두 늙은이가 정붙이며 살 만한 집을 얻었습니다. 텃밭이 있어서 심심풀이할 데도 있고, 주위가 온통 산이라 공기도 아주 좋아요. 두 사람 살기에는 그만한 데가 없어요.

미르가 통학하기에 괜찮은가요?

급할 것 뭐 있습니까. 차차 알려드리기로 하죠. 그래서 말인데, 당분간 미르를 데려오기가 좀⋯⋯.

전학 절차도 밟고 하려면 학교도 알아봐야 하고 할 일이 많으시죠. 저⋯⋯ 쌀가게는 계속하실 거지요?

봉조 씨는 영선을 멀뚱하게 바라보다 시선을 거두었다. 영선은 자신의 속마음이 적나라하게 드러난 것 같아 고개를 돌렸다. 봉조 씨가 헛기침을 몇 번 하고는 걸음을 옮겼다. 흙장난을 치던 미르가 달려와 영선의 손을 덥석 잡았다. 영선이 웃으며 미르를 바라보았다. 미르는 치아를 드러내며 활짝 웃었다. 이렇게 사랑스러운 아이라니. 엄마는 복도 많지. 영선은 미르의 뺨을 살짝 잡아당겼다.

영선은 엄마의 신접살림을 정성스레 준비했다. 물품마다 신혼이란 말을 덧붙이면 엄마는 슬슬 자리를 피하거나 얼굴을 돌렸다. 커플 속옷, 화장품 세트, 몇 벌의 블라우스를 사 온 날에도 엄마는 차라리 현금으로 달라며 슬쩍 밀어놓았다. 시골 생활에 이런 것들은 사치라는 엄마의 말에 영선은 기분이 묘했다. 봉조 씨가 검소함을 은근히 강요한 것은 아닐까. 어차피 엄마는 한 남자의 아내가 된다. 이제 영선이 엄마에 대한 걱정은 덜어도 좋을 터였다. 영선은 엄마가 원하는 대로 물건을 환불하고 엄마에게 현금으로 전해 주었다.

미르는 엄마가 봉조 씨와 함께 이사하기 전날 한 개의 가방과 함께 영선의 집에 왔다. 봉조 씨는 짐만 건네주고는 엄마와 함께 살림살이를 사야 한다며 돌아섰다. 엄마의 짐과 필요한 가재도구는 전날 이삿짐 차에 실어 보냈다. 영선은 학교에 가느라 미처 신혼집에 가보지는 못했다. 미르는 영선이 내준 옷장에 짐을 챙겨 넣지 않고 있었다. 영선이 지퍼를 열려고 가방을 끌어당기자 미르는 사납게 영선을 떠밀었다. 영선은 미르를 이해할 수 있었다. 아이의 자존심을 지켜줘야 할 것 같아 조심스레 방문을 닫고 나왔다.

엄마는 한밤중에 들어왔다. 영선은 미르를 재워놓고 안방으로 가 엄마 옆에 누웠다. 엄마는 종일 시장을 돌고 온 터라 바로 잠자리에 들었다. 한쪽으로 몸을 세워 누운 엄마는 꽃의 중심을 잡고 있는 꽃술처럼 단단해 보였다. 엄마가 누워 있는 저 자리에는 꽃무늬 침구를 놓으리라. 엄마가 등지고 있는 창문에는 하얀 레이스 커튼을 달고, 은색 줄무늬 벽지로 도배하리라. 사랑하는 사람과 함께 토끼 같은 아이들을 낳아 온가족 건강보험 불입금을 채우며 그렇게 살아가리라. 상상에 빠져 있던 영선은 피식 웃었다.

미르랑 가족이 됐다는 걸 학교에 말했니?

엄마가 영선 쪽으로 고개를 돌리며 말했다.

엄마, 안 잤어?

조금 이따가 말해.

금세 알게 될걸.

미리 알아서 좋을 건 없어.

엄마, 기분은 어때?

…… 응, 좋아. 아주 살 것 같아.

집은 어디야? 여기에서 가까워?

얼른 자.

엄마는 대답 대신 영선의 목까지 이불을 덮어주고 등을 돌렸다.

영선이 새벽에 뒤척이다 눈을 떴을 때 엄마는 창문을 열고 목걸이 마을을 내다보고 있었다. 엄마도 저 마을에서 살고 싶은 걸까. 미르에게 목걸이 마을을 얘기했던 것처럼 엄마에게는 왜 말하지 못했을까. 삼십 년 동안 엄마의 품에서 피고 지며 살아왔건만 왜, 엄마를 이해하지 못한 것일까. 포악을 떨던 엄마를 참기 어려웠던 게 아니라 엄마의 마음을 헤아리려고 노력하지 않은 탓이었다. 휴. 깨달음은 후회만 부를 뿐이다. 영선은 갈증을 참으며 침을 삼켰다. 엄마가 무릎을 모아 벽에 기대앉았다. 가로등 불빛의 촉수가 점점 흐릿해졌다. 날이 밝고 있었다. 영선은 다가올 독립과 사랑의 결실을 꿈꾸며 애써 지난날을 지웠다. 엄마의 옅은 한숨 소리가 여명 속으로 가라앉았다.

다음 날 아침 영선은 엄마를 미용실로 데려갔다. 신방을 차리는 날, 엄마를 그냥 보낼 수가 없었다. 머리 손질을 마친 엄마의 머리에 미용사가 펄을 뿌렸다. 엄마가 고개를 돌려 거울을 볼 때마다 반짝이는 별들이 한곳으로 몰려다녔다.

엄마의 손을 꼭 잡고 집 앞에 왔을 때, 봉조 씨가 미르와 함께 계단에 앉아 있었다. 봉조 씨는 미르에게 당부를 하는 것 같았고 미르는 정면을 응시하며 가끔 고개를 주억거렸다. 미르는 소나무 숲으로 소풍을 다녀온 뒤부터 더욱 말이 없었다. 아니, 미르는 싸늘하고 냉정해졌다. 학급에서 공주로 불리는 아이의 거울이 없어져 한바탕 소동을 겪은 며칠 전이었다. 범인을 찾아내려고 아이들에게 눈을 감으라고 했다. 미르만 눈을 감지 않고 영선을 비웃듯 노려보고 있었다. 영선과 돈독한 관계 때문인가 싶어 모른 체했다. 순간, 미르는 자리에서 일어나 공주의 책상 위에 무언가를 올려놓았다. 공주가 기척에 눈을 떠 책상 위에 놓여 있는 것을 보았다. 공주가 비명을 질렀다. 공주 앞에는 산산조각이 난 거울이 흩어져 있었다. 미르는 아이들의 소란을 뒤로하고 영선을 힐끔 쳐다보며 교실 밖으로 나갔다. 영선은 봉조 씨에게 차마 그 말을 하지 못했다. 어떤 상실감이 어린아이의 가슴을 치고 있다는 것만 짐작할 뿐이었다.

봉조 씨는 영선이 동행하는 것을 말렸다. 엄마도 마찬가지였다.

나중에 오라는 통에 영선도 더는 고집을 부릴 수 없었다. 봉조 씨의 낡은 자동차에 올라탄 엄마는 뜻밖의 말을 했다.

엄마가 정말 너한테 미안하다. 그래도 일 년에 한두 번은 만나자.

밖에서 만나야지. 우리 집에서는…….

봉조 씨가 안전벨트를 하며 혼잣말처럼 말했다. 엄마가 봉조 씨의 말을 되받았다.

그래, 밖에서 만나. 여기도 좋고. 알았지? 자세한 얘기는 이따가 전화로 하자.

멀어지는 자동차를 보며 영선은 고개를 갸웃거렸다. 일 년에 두어 번 만나자는 이야기는 무엇이고 밖에서 만나자는 건 또 무슨 의미인가. 툴툴거리며 떠나는 봉조 씨의 자동차를 보며 영선은 손을 흔들었다.

미르는 점심을 먹고 나서 색연필로 스케치북에 낙서를 하고 가끔 노래를 흥얼거렸다. 존재감조차 없던 아이가 자신을 드러내기 시작하면 겉잡을 수 없다는 혜랑의 조언은 틀리지 않았다. 공주의 엄마가 학교로 찾아와 법석을 떨었으므로 미르와 함께 산다는 말은 꺼낼 수 없었다.

영선은 어둑해지는 마루에서 목걸이 마을을 바라보는 미르를 발견했다. 까치발을 하고 서 있는 미르는 아직 어린아이였다. 영선

은 미르와 보내야 하는 한 달이 두려운 게 아니라 미르를 건사하게
될 엄마가 걱정이었다.

저 목걸이 마을은 순 뻥이야.

미르가 영선을 보고 씨익 웃으며 깡충깡충 발을 굴렀다. 영선이
아랫집 사람들에게 피해가 된다며 주의를 주자 미르는 더 세게 발
을 구르기 시작했다. 영선은 난감했지만 더는 말하지 않았다. 발
구르는 게 재미없어졌는지 미르는 방으로 가 옷장을 열었다. 영선
이 정해준 서랍에 미르는 옷을 채워 넣기 시작했다. 영선은 말없이
미르를 지켜보다 이상한 낌새를 차렸다. 미르의 옷은 여름옷뿐만
아니라 겨울옷이 섞여 있었다. 한 달만 같이 지낼 작정인데 겨울
옷은 필요 없었다. 제가 아끼는 옷인가 싶어 담담히 보고 있는 사
이 전화벨이 울렸다. 엄마였다. 엄마의 목소리를 듣자 영선은 울컥
했다.

엄마!

영선아!

엄마도 목이 메는 것 같았다.

엄마, 잘 도착했어? 저녁은 먹었고?

그럼. 여긴 너무 좋아, 얘. 너도 한 번 와보면, 아, 아니다. 돌려
말하지 않으마. 미르 말이야, 니가 데리고 살아. 여긴 초등학교도
멀 뿐만 아니라 이 나이에 어린애 뒤치다꺼리하면서 살고 싶지 않

구나. 봉조 오빠도 홀몸으로 애 건사하는 게 너무 힘들었대. 생각해봐라, 나는 평생 니 아버지 수발들다가 머리가 허예졌지, 봉조 오빠는 죽어라 자식 키워놨더니 이제는 그 자식의 자식까지 돌보게 됐으니 이런 낭패가 어디 있니? 우리도 남들처럼 하하호호 하면서 잘살고 싶어. 젊은 날엔 죽도록 고생만 했으니 이제는 마음 맞는 사람끼리 즐겁게 살아야지. 이게 다 네 덕분이다. 너는 정말 효녀야. 암, 내가 딸 하나는 잘 키웠지. 무소식이 희소식이니까 우리 걱정일랑은 마. 우리도 너희들 걱정 안 한다. 미르가 오죽 야무져야 말이지. 그럼 잘 자라.

미르는 옷장이 꽉 차도록 옷을 구겨 넣다가 뭐가 우스운지 킬킬거리기 시작했다. 역광으로 비친 미르의 얼굴에는 이 시나리오의 결말을 알고 있었다는 듯 비웃음이 서려 있었다.

영선 앞으로 돌아온 혜랑은 책상에 널브러진 책들과 노트를 정리하며 말했다.

외국 여행에서 가장 인상 깊었던 게 뭔지 알아? 햄버거 가게에서 열심히 일하고 있는 노인들이었어. 푸드 코트에서 테이블을 닦고 빈 그릇들을 정리하는 노인들이었다고. 건강에 이상이 없는 한 일할 권리를 줘야 해. 우리나라 패스트푸드점에서 노인들이 일하는 걸 보게 되는 날 아이들과 노인 사이에 낀 우리 세대가 좀 편안해지지 않겠어? 서글픈 건, 사람은, 세상은 쉽게 변하지 않는다는 거지. 마음에 맞는 애인을 찾아주는 게 현명하지 않느냐고? 노인들끼리 마음 맞춰 살아가면 되지 않느냐고? 결혼은 더하기야. 나누는 삶이 결코 될 수 없어. 혹 떼어버리려다가 혹 붙이는 게 가족이라고. 난 연애만 하면서 살 거야. 사랑 없는 인생은 재미없으니까 연애는 해야지. 아무튼, 눈먼 아비 눈 뜨게 한 효녀는 어떻게 됐을까. 아비는 눈도 떴겠다, 딸이 왕후겠다, 두려울 게 뭐가 있겠어? 그대로 잘 먹고 잘살았다면 참 좋을 텐데, 우리의 기대는 늘 배반당하지. 아마 아비는 정체불명의 여인을 데려다가 효녀에게 더 많은 효도를 요구했을걸? 아비 역시 젊은 날 아내를 잃고 홀로 살아왔어. 욕망을 억제하며 살아왔다고. 무위도식하며 살 수 있는 그 순간, 기다렸다는 듯 파고드는 건 바로 사랑이야. 이제 둘만의 사랑을 하고 싶은 거지. 그러니까 너도 제발 정신 좀 차려. 매일 당하고만 살래? 넌 효녀 홀릭에 빠진 게 틀림없어. 효녀 중독증!

혜랑은 영선에게 효녀의 결말을 들려주었다. 혜랑은 애인과 약속이 있다며 서둘러 퇴근했다. 영선의 휴대전화가 울렸다. 미르였다. 미르는 한 달 사이 대여섯 명의 아이들에게 이유 없는 행패를 부렸다. 봉조 씨의 쌀가게는 일찌감치 남의 손에 넘어간 뒤였다. 미르를 다그쳐보았자 달라질 건 없었다. 휴대전화 폴더를 열자 미르의 아귀 같은 목소리가 달려들었다.

저녁 뭐 먹을 거야? 또 김치찌개 끓이면 확 굶어 죽을 거야. 칸

초, 초코송이, 홈런볼이 먹고 싶어. 아이스크림도 꼭 사 와.

영선은 휴대전화를 책상 위로 내던졌다. 휴대전화가 팽그르르 돌며 책꽂이 앞 탁상 달력을 건드렸다. 빨간 동그라미가 쳐진 날짜가 눈에 띄었다. 일주일 후면 한 달 만에 엄마를 만난다. 영선은 엄마 비위를 거스르지 않고 미르를 보낼 수 있는 방법을 궁리하기 시작했다.

흐르는 물에 꽃은 떨어지고

부여에 도착한 그는 자동차 속도를 줄였다. 로터리 계백 장군 동상 앞을 지날 때 아내의 휴대전화가 울렸다. 초슬림형 은색 휴대전화는 아내에게 잘 어울렸다.

"어, 저기…… 남편이랑 함께 있어. 그만 좀 해. 다 끝난 얘기잖아."

아내의 격앙된 목소리를 누르듯 그는 운전에 집중했다. 아내는 휴대전화를 가방에 넣어버리고 선글라스를 꺼내 썼다. 자동차로 따가운 햇발이 쏟아졌다.

"여긴 왜 이렇게 햇살이 강해."

아내의 말은 부여의 햇살만 유난하다는 것처럼 들렸다. 그는 반복해서 듣고 있던 신세대 인기가요 카세트를 꺼버렸다. 연애할 때 즐겨 듣던 노래들이었다. 그 시절로 돌아간 듯한 착각이 들었지만 섣불리 추억을 꺼내지는 않았다. 그의 주머니에서 휴대전화가 울렸다. 신호를 확인하며 휴대전화를 꺼냈다.

"알람이네……."

"이 시간에 웬 알람이야?"

그의 혼잣말에 아내가 손목시계를 보며 물었다. 인터넷 구직 사이트의 업데이트 시간이라고 말하지 않았다. 아내도 궁금해서 물은 건 아닌 듯했다. 그는 휴대전화의 전파가 잘 들어오는지 확인했다. 헤드헌터의 전화 한 통이면 아내에게 면목이 설 터였다. 다섯 개의 팽팽한 휴대전화 안테나는 자신감을 부추겼다. '서동요 촬영 세트장' 간판을 지나 부여 시내로 들어섰다.

"와, 정말 그대로야. 하나도 변하지 않았어. 저기가 바로 내가 다니던 태권도장이야. 보이지? 어라, 소방서도 그대로네."

그는 흥분을 감추지 못했다. 부여 체육관뿐만 아니라 중앙 상회를 비롯해 현대 서점, 새싹 미용실 등이 그 자리에 그대로 있었다. 서예 학원이 주점으로 바뀐 것 말고는 그가 살던 때와 별반 다르지 않았다. 어린 소년이 중앙 상회에서 과자 봉지를 들고 나와 뛰어가는 것처럼, 이따금씩 하늘을 올려다보며 멍하니 서 있던 소년을 맞닥뜨리기라도 한 것처럼 그는 감회에 젖었다. 아내는 휴대전화 카메라로 바깥 풍경들을 찍었고 초점이 흔들린 사진은 바로 삭제했다.

그는 여덟 살 때 동생과 함께 부여 큰집에 맡겨졌다. 아버지와 함께 도시로 품을 팔러 다니던 어머니는 그의 손을 꼭 잡고 말했다. 우리가 함께 살기 위해서 지금은, 참는 거야. 잘⋯⋯할 수 있지? 어머니는 아들이라는 거울을 보며 자신의 인내를 강요했다. 어린 그는 고개를 끄덕이며 어머니의 말을 새겼다. 명절이면 운동화와 장난감을 사 들고 부모가 돌아왔다. 그날의 첫 물이 좋다는 약수를 대접하고 싶어서 한밤중에 동생과 함께 부소산성 약수터로 향했다. 어둠은 만만치 않았다. 산성 초입에서부터 겁에 질려 약수는커녕 동생 손을 잡고 줄행랑쳤다. 다음 명절에 그는 부여 토박이인 이웃집 아저씨의 조언대로 초저녁부터 부소산성으로 올라가 어둠이 오는 것을 지켜보았다. 어둠의 첫발부터 익혔기 때문인지 사방이 어두워졌을 땐 무섭지 않았다. 자정이 넘어 그날의 첫 약수를 뜨고 콧노래와 함께 발장난을 치며 내려왔다. 부여는 그런 곳이었다. 한 발 더 멀리 나가기 위해서 잠시 고여 있어야 한다고 말하는 '터'였다. 금세 나아질 거라 위로하는 '터'였다. 어둠과 여명이 바짝 붙어 있는 부여는 다시 힘차게 그의 등을 떠밀어줄 것이었다.

그는 보스턴에서 삼 년간의 유학 생활을 마치고 삼 개월 전 귀국

했다. 서울행 항공권을 예약하던 순간 부여가 떠올랐다. 떠올림과 동시에 어떤 말들이 목울대에 걸렸다. 보일 듯 말 듯 하는 미래들도 눈언저리에 매달렸다. 주말 오전, 〈TV 맛 기행〉에서 리포터가 백마강 장어구이를 소개할 때 그는 무릎을 쳤다. 부여를 떠날 때 희망을 품었던 아이의 마음이 되살아났다. 인터넷 창을 열어 서울에서 부여로 가는 길을 검색하는 동안 아내는 차분하게 가방을 챙겼다. 부여백제호텔에 하루 숙박을 예약하고 자동차에 오르기까지 채 한 시간도 걸리지 않았다.

어둑발이 내린 부여는 고요했다. 낡은 가옥들과 편의점이 나란히 어깨동무하며 서 있고, 웰빙 유기농 뷔페식당과 허름한 치킨집이 기대어 있었다. 모퉁이를 차지하고 있는 자전거 옆으로 묵직한 세단이 비켜 갔다. 사람들은 느릿느릿 걸었고 정지선을 지켜 멈춘 자동차 지붕에는 뽀얀 먼지가 덮여 있었다.

"차 좀 세워요. 생수를 챙겨 갖고 오는 건데. 나오면 다 돈이라니까."

아내가 편의점을 가리켰다. 편의점 앞에는 주차할 만한 자리가 없어 현대 서점 앞에 차를 세웠다. 아내가 차에서 내려 편의점 쪽으로 걸어갔다. 그는 백미러를 조종하며 서점 안을 들여다보았다. 스무 평 남짓한 서점에는 머리를 하나로 묶은 여자가 고개를 숙인 채 책을 보고 있었다. 이십 대 후반, 삼십 대 초반쯤 되었을까. 현대 서점 딸내미 숙희 같다고 그는 생각했다. 손부채질을 하던 여자가 책을 내려놓고 진열장 사이로 빠져나왔다. 여자는 서점 문을 열고 문에 기대섰다. 그는 흠칫 놀라고 말았다. 숙희를 닮았다고 생각했던 여자는 다름 아닌 숙희였다. 하릴없는 눈빛으로 거리를 훑는 시선이 짓궂은 놀림을 받을 때와 똑같았다. 담담한 척하지만 분노가 서려 있던 그 눈빛이었다. 그는 심호흡을 하고 차에서 내렸다. 숙희는 팔짱을 낀 채로 편의점 쪽을 바라보았다. 숙희의 시선이 머문 곳에 아내가 있었다. 아내는 등을 돌린 채 고개를 주억거렸다. 통화 중이었다. 절실하게 애원하는 것 같았다. 무슨 일이냐고 선뜻 물을 수 없는 어떤 관계가 아내와 그의 사이에 놓여 있었다. 숙희가 고개를 돌려 그를 빤히 바라보았다. 숙희는 어린 시절 얼굴 그대로였다. 머리와 발을 잡고 길게 늘여놓은 듯 키만 좀 컸을 뿐이지 그의 놀림을 견디다 못해 엉엉 울며 뛰어가던 숙희가 거기 있었다.

　그를 단박에 알아본 숙희는 대뜸 저녁을 함께 먹자며 서둘러 서점 문을 닫았다. 생수병을 들고 나타난 아내는 머뭇거렸다. 그는 서점 앞에 자동차를 주차시켜 놓고 숙희의 뒤를 쫓았다. 중앙 상회 옆 골목으로 들어서자 미닫이문의 고깃집이 눈에 띄었다. 파를 다듬고 있던 종업원이 부스스 일어나 자리를 안내했다. 텅 빈 실내에는 텔레비전 소리가 위세를 떨치고 있었고 대여섯 개의 테이블은 정갈했다. 그와 아내의 맞은편에 숙희가 앉았다. 물수건에 손가락을 꼼꼼히 닦고 수저와 젓가락을 챙기고 주문하는 일들이 천천히 이어졌다.

"그럼, 이십 년 만에 온 거야? 심했다, 너."

음식이 나오고 고기가 얼추 익을 때쯤 숙희가 말을 꺼냈다. 텔레비전을 보고 있던 그는 숙희를 보며 멋쩍게 웃었다. 아내가 긴 머리를 쓸어 넘기며 지난달에 머물러 있는 달력을 말끄러미 쳐다보았다.

"좀 드세요."

숙희의 말에 아내는 고개만 까딱였다.

"참, 술 한잔해야지?"

숙희가 종업원을 부르려 하자 아내가 손을 내저으며 말했다.

"운전해야 돼요."

"대신 해주시면 안 돼요? 아, 못하세요?"

"…… 못하는 게 아니고…… 배울 시간이 없었어요."

"면허가 없으시구나."

숙희는 아내를 보며 빈정거렸다. 아내는 숙희와 인사할 때부터 떨떠름한 표정이었다. 가끔 그의 친구들과 어울릴 적에도 묻는 말에만 대답할 뿐 거의 말을 섞지 않았다. 숙희와는 좀 다를 줄 알았는데 부러 절제하는 것처럼 뚱한 표정이었다. 언젠가부터 그와 아내는 필요한 말 외에는 하지 않았다. 아내는 한밤중에나 돌아왔고 그가 잠들어 있는 새벽이면 출근했다. 집에선 휴대전화를 들고 욕실로, 베란다로, 그가 없는 곳으로 사라지기 바빴다.

"아버진 건강하시지? 동생들도 잘 있고?"

그는 숙희와 아내 쪽으로 고기를 한 점씩 나눠놓으며 숙희에게 물었다.

"아직도 이팔청춘이라 잔소리가 심해. 하하, 동생들은 다 서울에 가서 살고. 낮에는 아버지가 서점에 계셔."

숙희에겐 어머니가 없었던 걸로 기억한다. 도시락은 늘 계란 프라이와 김치였다. 늘 기억하고 있는 것처럼 오해할까 봐 그는 말을 아꼈다. 오랜만에 만나는 동창일수록 생각 없이 내뱉은 한마디가 그리움으로 변질된다는 걸 잘 알고 있었다.

"애는 몇이야?"

숙희의 말에 그는 멀뚱해졌다. 자신이 아버지가 될 수 있는 사람이라는 걸 그제야 깨달은 것처럼 이상한 기분에 사로잡혔다.

"어, 그게…… 바빠서 아기 가질 틈이 없었어."

그는 그물에 걸린 고기처럼 숙희를 빤히 쳐다보며 말했다. 결혼할 때 아기를 생각하지 않은 것은 아니었다. 힘닿는 데까지 낳겠다는 아내의 호언에 실없이 웃음을 쏟던 기억도 있다. 하지만 아이는 아직 해결해야 할 '숙제'는 아니라고 생각했다. 제 앞가

림이 먼저였다. 직장을 찾고 경제적 안정을 찾으면, 안정을 찾으
면……. 이마에 흐르는 땀을 손등으로 닦아 바지에 슥 문질렀다.
아내는 마른침을 삼키고는 편의점에서 사 온 생수를 마셨다. 뭔
가 말이라도 꺼내야 할 것 같아 숙회에게 받은 질문을 그대로 던
졌다. 숙회는 씨익 웃으며 말했다.

"결혼도 일찍 했는데, 이혼도 일찍 했다. 전남편이랑 나는 위아
래층에 살아. 우린 좀 쿨하거든."

숙회는 무성의하게 고기를 뒤적거리며 말을 이었다.

"내가 양육비를 부담하고 애들은 남편이 키워. 낮에는 정림사지
석탑 매표원이고 밤에는 서점 죽순이야. 넌, 무슨 회사 다녀? 신수
가 훤한 걸 보니 좋은 데 다니는 모양이다?"

그는 숨통이 끊어진 물고기처럼 멍해졌다. 귀국한 후 그는 헤드
헌터, 리쿠르트 등을 통해 일자리를 구하고 있었다. 얼마 전 영어
공부도 할 겸 중학생 영어 과외를 시작했고 아내와는 금기 사항처
럼 취업에 관한 얘기는 꺼내지 않았다.

보스턴으로 떠나기 전 그의 직장 경험은 일 년 남짓이었다. 병장
제대를 마치고 대학을 졸업한 후 다국적 제조 회사에 입사했다. 한
국에서 수지 타산이 맞지 않는다는 이유로 회사가 불쑥 철수해버
리자 그는 허공에 붕 떠버렸다. 동료들은 대학원 진학을 하거나 연
봉에 상관없이 직장을 알아보았다. 그는 고심 끝에 유학을 결정

했다. 강남에서 부동산업을 하던 장인의 도움이 컸다. 장인은 어린 시절부터 어미의 지병에 발이 묶여 있던 외동딸을 안쓰러워하며 동반 유학을 권했다. 내켜 하지 않던 아내는 고집을 접고 그와 함께 유학 준비를 했다. 장인이 뺑소니차에 치여 객사한 것은 출국 날짜를 한 달 앞두고였다. 고인이 불법 투기를 해왔다는 누명을 뒤집어쓰게 되기까지 한 사람의 생애가 역전되는 건 순식간이었다. 그 충격으로 평소 고혈압을 앓고 있던 장모도 세상을 떠났다. 졸지에 부모를 잃은 아내는 황망해했지만 그는 유학의 뜻을 접을 수 없었다. 대학원 입학 허가서와 장인이 남겨준 두 학기 등록금이 든 통장이 그의 손에 있었다. 아내가 잘 참고 기다려줄 것이라 믿었다.

멕시칸에게 위협을 당하고 있던 교포 자녀를 구한 후 보스턴에선 모든 일이 순조로웠다. 교포 자녀에게 한국어를 가르치기 시작한 것이 그룹 과외로 연결되었고 룸메이트의 소개로 패스트푸드점 주말 아르바이트를 구할 수 있었다. 한국의 실업난 뉴스를 보며 자신은 예외라고 생각한 건 오만이 아니었다. 자신감은 그가 만든 것이 아니라 세상이 만들어주었다. 모두가 그를 반겼고 치켜세웠다.

졸업을 한 후 그는 바로 서울로 돌아왔다. 미리 준비해둔 이력서를 뿌렸다. 그러나 이력서는 뿌리를 내리지 못했다. 경력 사원으로 들어가기에는 실무에 대해 아는 것이 없었고, 신입 사원이라 하기에는 서른두 살의 나이가 많았다. 때로는 그의 큰 키가, 하관이 빠른 외모가, 학부 시절 평균치였던 학점이, 통근 거리가 멀다는 이유로 거절당했다. 유학을 다녀온 경험은 이력서를 한 줄 채우는 데 불과했다. 그는 자신이 이 세계의 문과 문 사이에 끼어 있는 것만 같았다. 어느 쪽이라도 문을 열어주면 냉큼 달려갈 텐데. 그의 구두는 허공에 떠 있어 닳을 기미조차 없었다.

"지금은, 좀 쉬고 있어."

영어를 가르치는 중학생에게 멀리 뛰기 위해 잠시 주춤하는 거라고 말했었다. 백수라며 비아냥거리는 학생의 말에 실없는 사람처럼 웃고 말았다. 아내는 아무 말 없이 반찬 그릇에서 멸치를 골라 깨를 털어내 입에 넣었다.

"요즘 그런 사람이 어디 한둘이냐. 괜찮아. 기운 내라."

그는 숙희의 말에 수심이 깊을 줄 알았던 강물이 겨우 발목에 와 닿은 것처럼 안심이 되었다. 온몸의 부스럼이 떨어져 나간 것처럼 개운했다. 방석을 끌어당겨 고쳐 앉았다. 별것 아닌 일일지도 몰랐다. 아무도 그에게 그렇게 말해준 사람이 없었던 것뿐이다. 파릇한 새살이 돋아날 것만 같았다.

"야, 우리 술 한잔하자. 여기, 소주 한 병 주세요."

그가 종업원을 불렀다. 아내가 휘둥그레진 눈으로 그를 보았다.

"부여 시내가 내 손바닥 안인데 무슨 걱정이야? 숙희, 넌 소주 괜찮지?"

"싫을 턱이 있겠니? 괜찮겠어요?"

숙희가 아내를 힐끔거리며 말했다. 종업원이 아내 앞에 술병을 내려놓았다. 아내는 대답 대신 술병을 그의 앞으로 밀었다. 그는 부끄러웠다. 이십 년 만에 만난 친구 앞에서 술도 못 마시게 하는 아내를 이해할 수 없었다. 우악스럽게 아내의 어깨를 잡아당겼다.

"얼마나 속이 넓은 여잔데. 내가 그거에 반해서 결혼한 거라고. 우리 집사람, 처녀 같지? 아직도 인기가 끝내줘."

아내는 그의 팔을 풀고 생수를 마셨다. 그는 숙희의 잔에 숙희는 그의 잔에 술을 가득 따랐다. 술이 몇 순배 돌자 취기가 올라왔다.

"친구, 너 그거 생각나? 우리 학예회 때 연극한 거. 제목이 뭐더라. 니 성을 따서 한 건데……. 홍……?"

"홍도미전!"

"맞아! 홍도미전! 기억나지? 그때 니가 도미였고 내가 도미 부인이었잖아. 복덕방집 딸이 못생긴 하녀였고. 하하, 그때 죽이게 재미있었는데."

서울에서 부임해 온 담임선생님은 연극에 조예가 깊었다. 생생한 묘사와 감칠맛 나는 이야기로 아이들의 마음을 사로잡았다. 홍도미전은 선생님과 아이들이 머리를 맞대고 재구성한 합작품이었다. 연극 막바지에서 도미는 왕방울 사탕을 매단 철사로 만든 안경을 쓰고 나타난다. 군사들은 왕의 명령으로 도미의 눈을 뽑아버리기 위해 벼르고 있다. 평소 그와 사이가 나빴던 왕의 역할을 맡은 아이는 그를 놀려주려고 몰래 도미의 안경을 쓰고 무대로 나갔다. 군사 역할을 맡은 아이들은 기다렸다는 듯 철사 안경에 매달린 왕방울 사탕을 뽑아버렸다. 아이들이 서로 어리둥절해하는 사이 객석에 앉아 있던 마을 사람들과 학생들은 환호를 질렀다. 선생님도 아이들의 실수를 나무라지 않고 멋진 반전이었다며 칭찬했다.

"숙희 씨."

아내가 물수건으로 테이블에 흘린 물기를 찍어내며 숙희를 불렀다. 숙희가 어리둥절한 표정으로 대답했다.

"네?"

"복덕방이 아니라, 부동산 중개업이에요."

"하하하. 고향이 서울이죠? 서울 사람 티가 나네. 잠깐만요."

숙희가 호탕하게 웃으며 휴대전화를 꺼내 어딘가로 전화를 걸었다. 아내는 책상다리로 바꿔 앉고는 입을 가리고 헛기침을 했다. 숙희의 휴대전화에선 남자아이의 목소리가 들려왔다. 숙희는 자리에서 일어나 밖으로 나갔다. 종업원이 다가와 불판을 바꾸는 사이 아내의 휴대전화가 울렸다. 아내는 가방에서 휴대전화를 꺼내 문자메시지를 확인하고 바닥에 내려놓았다. 그는 테이블 아래 꽉 쥔 아내의 손등을 보았다. 퍼런 힘줄이 도드라진 하얀 손등, 꼿꼿하게 세운 허리와 옆얼굴은 낯설었다. 아내는 그에게 밥을 벌어다 주었다. 구박하거나 싫은 소리 한 번 없었다. 물론 격려나 위로도 없었다. 아내는 전화 통화하기에도 바빴다. 기다려줄 수 있냐는 말이 불쑥 튀어나올 것 같았다. 사랑하느냐고, 묻고 싶어졌다. 그는 상추에 고기를 얹어 욱여넣으며 무분별하게 떠오르는 말을 삼켰다.

"야, 홍도미. 너 나한테 몰래 뽀뽀했던 거 생각나?"

숙희가 자리로 돌아와 앉으며 말했다.

"성한이가 연극 막이 내렸을 때 내 뺨에 몰래 뽀뽀했어요. 고개를 돌렸기에 망정이지 내 첫 키스의 상대가 될 뻔했다구요."

아내는 빙긋 웃으며 불판 위의 덜 익은 고기들을 뒤집으며 대꾸했다.

"어릴 때 일인데요, 뭐."

숙희가 고기와 반찬을 한입에 넣고 테이블에 바싹 다가앉았다.

"그게 아니에요. 도미 부인을 시킨 것도 얘라니까요. 너 내 뒤만 졸졸 쫓아다녔잖아. 생각나지?"

숙희의 입에서 음식물이 튀어나와 사방에 튀었다. 아내는 몸을 움츠리며 불쾌함을 드러냈다. 숙희는 제 흥에 취해 그런 것쯤은 안

중에도 없다는 듯 말을 이었다.

"그거 알죠? 남자애들이 여자애들 괴롭히는 게 미워서가 아니라 좋아서 그렇다는 거. 그런 경험 없어요? 아유, 난 남자애들이 얼마나 놀리고 괴롭혔는지. 초등학교 내내 남자 짝꿍이랑 못 앉았다니까요. 성한아, 너도 알지?"

아내는 손을 번쩍 들고 술과 고기를 주문했다. 종업원이 술과 고기를 날랐다. 아내가 숙희에게 잔을 내밀었다. 숙희는 기꺼이 아내가 따라준 술을 단숨에 마셨다. 숙희도 질세라 아내의 술잔을 채웠다. 아내는 그가 옆에 있어도 전화 통화하던 것처럼 넉살 좋게 술을 마셨다. 아내는 맥주 한 잔에도 얼굴이 빨개지고 비틀거려 술은 입에도 대지 않았었다. 휴대전화는 아내에게 무슨 짓을 한 것일까.

"초등학교 교과서에 도미 설화가 나오던가요? 난 고등학교 때 배운 걸로 아는데."

휴대전화는 아내에게 하고 싶은 말을 미루지 않게 만들었다. 언제든지 폴더를 열고 번호만 누르면 자동으로 걸리는 전화처럼.

"여기가 어디입니까? 여기는 백제의 땅, 부여라고요. 열녀 도미 부인의 혼이 흐르는 곳이죠. 우리는 계백 장군 동상에서 숨바꼭질하고, 낙화암에선 다이빙, 정림사지에서 인생을 논했다구요. 마침, 우리 담임선생님은 역사를 아는 분이셨어요. 정말 멋쟁이 선생님이셨죠. 성한아, 너도 기억나지? 선생님이 해준 얘기들이 좀 많았니? 책을 안 봐도 세계 명작들을 다 꿰었다니까요."

"난, 초등학교 때 세계 위인전과 명작 동화만 읽었어요. 금성출판사, 삼성출판사에서 나온 올 컬러판이었죠. 한 열 번 이상은 봤을 거예요. 진정한 독서는 반복이죠."

"보기만 하면 뭐해요. 듣는 게 얼마나 중요해요? 요즘 사람들 봐요, 다 자기 말만 하고 들어줄 줄은 모르잖아요. 그게 다 인성 교육이 잘못돼서 그래요. 우린 선생님 덕분에 지적으로 성숙했어요. 그렇지, 성한아?"

"지적인 성숙은 스스로 일궈내야 하지 않겠어요?"

"무슨 말씀을. 멋진 스승이 있어야 멋진 제자도 탄생하죠. 맞지, 성한아?"

숙희는 말끝마다 그를 끌어들이고 있었고, 아내는 독야청청 소나무처럼 홀로 응대했다. 누구 편도 들 수 없었다. 숙희에겐 공처가로, 아내에겐 밉보일지도 몰랐다. 그는 지금 할 일은 술을 마시는 것밖에 없다는 투로 거푸 술잔을 비웠다. 숙희는 냅킨을 집어 목덜미에 흐르는 땀을 닦고는 하나로 묶고 있던 머리를 풀었다. 긴 머리가 어깨로 흘러내렸다. 종업원이 나른하게 기지개를 켠 후에 어컨을 틀었다.

"도미는 왜 그렇게 말해야 했을까요."

아내는 한 손엔 술잔을 흔들거리며 들고 한 손으론 턱을 받치고 말했다. 술을 한 모금 삼킨 후 아내는 혼잣말처럼 중얼거렸다.

"정말이지 이해할 수 없는 대목이야."

에어컨 바람에 아내의 머리카락이 가늘게 날렸다. 아내의 짙고 긴 속눈썹은 공기를 몰아내듯 날렵하게 움직였다. 그는 아내의 그 눈에 취했었다. 그대의 큰 눈이 깜박거릴 때마다 세상의 시간이 흘러간다, 는 유치한 문구는 아내에게 처음 보낸 편지에 썼다. 그리고 아내는 다른 사람에게서 그와 비슷한 말을 들었다. 그가 유학을 떠난 그 무렵에……

"저기, 도미가 뭐라고 했는데요? 술에 취했나, 잘 생각이 안 나네. 성한아, 넌 기억나니?"

숙희가 그에게 도움을 청했지만 모른 척했다. 아내는 느긋하게 젓가락을 들어 테이블에 톡톡, 두드리고는 고기를 한 점 집었다. 한 면이 바싹 탄 고기였다. 제지하려 했으나 어느새 고기는 아내 입속으로 들어가버렸다. 아내는 그제야 그것이 탄 고기라는 것을 알았는지 미간을 찡그렸다. 아내는 고기를 꿀꺽 삼켰다.

"왕이, 어떤 사람이건 간에 어둡고 사람이 없는 곳에서 좋은 말로 꾀면 마음을 움직이지 않을 사람이란 없다고 말하죠. 내 아내는 죽을망정 그런 사람이 아니라고 도미가 말해요. 생각나요? 아, 책을 안 읽어서 모르겠군요."

"아, 마, 맞아요. 생각나요."

"내 아내는 그럴 사람이 아니다. 꼭 그렇게 말해야 했을까요? 아내를 불구덩이로 몰아넣는 시초였잖아요. 뭘 믿고 장담해요? 그런 믿음이란 아주 얄팍한 거예요. 그 믿음이 아내를 얼마나 힘들게 했는지 도미는 알까요?"

아내는 빈 술잔을 숙희에게 내밀었다. 숙희가 술병을 들어 아내의 잔을 채우며 말했다.

"아내를 믿으니까 그랬겠죠. 도미 부인이 얼마나 의리 있는 여잔데요."

"의리를 알아요? 어떤 상황에서도 소신을 굽히지 않는 거? 그건 의리가 아니죠. 상황에 따라서 융통성 있게 행동하는 것, 그게 의리를 지키는 거라구요. 의리가 죽을 때까지 변치 말자 맹세하는 거라면, 갖다 버리라 그래요."

숙희는 손도 안 댄 반찬들을 아내 앞에 슬쩍 옮겨놓으며 말했다.

"듣고 보니 그러네. 아무리 의리가 있는 도미라도 그렇지 맞장구 한번 쳐주면 될 거 아니야? 의리가 뭐 밥 먹여줘? 괜히 멀쩡한 아내 힘들게 하고 말이야."

"어쩌면 너무 어두웠기 때문이에요."

아내가 옅은 숨을 내쉬며 말했다.

"왕이 왜 캄캄한 곳으로 도미 부인을 유인했는지 알아요? 인간이 가장 나약해질 수 있는 상황을 만든 거죠. 아, 도미 부인은 얼마나 무서웠을까. 벌벌 떨었을 거야. 그래도 그 여잔 참 현명했지. 하녀에게 변장을 시켜 왕의 방으로 들여보내 위기를 모면했으니까. 결국 왕은 도미의 눈을 빼버렸지만 부부는 영원히 함께할 수 있게 됐죠. 그 이야기의 의미가 뭔지 알아요?"

"어렵게 얘기하지 말고, 쉽게 얘기해요."

숙희는 짜증스럽다는 듯 테이블에서 떨어져 벽에 기댔다. 아내는 숙희의 등 너머로 창밖을 보며 시를 읊조리듯 말했다.

"힘든 상황에 홀로 남겨두지 마라…… 어쩔 수 없이 누군가에게 응하더라도 서운해 마라…… 사랑은 늘 시험에 들고, 속고……."

"그따위 얼어 죽을 사랑 타령 그만하구요, 술이나 한잔해요."

"왜 이혼했어요? 남편이 아이들을 키우는 것도 그렇고. 그냥 궁금해서 그래요."

"도미가 아니라 왕이랑 결혼했거든요. 얼른 도미를 찾아와야죠."

숙희가 웃음을 흘리며 테이블을 짚고 일어났다. 그 바람에 테이블 가장자리에 놓여 있던 물컵이 쓰러졌다. 그는 반사적으로 물수건을 집었다. 숙희가 허리를 숙여 제 젖은 발의 물기를 털어냈다. 가슴골이 훤히 드러났다. 긴 머리칼이 쏟아져 가슴골은 금세 가리

위졌다. 그는 물수건을 숙희 쪽으로 밀어놓았다. 아내가 숙희에게 팔찌 모양의 머리 끈을 내밀었다. 얼결에 머리 끈을 받은 숙희가 동그랗게 눈을 뜨고 아내를 마주보았다.

"뭔데요?"

"더워 보여서요."

"나 주는 거예요? 한번 내 손에 들어오면 돌려주지 않는데. 괜찮아요?"

"가져요."

숙희는 생글거리며 벨벳 머리 끈을 받아 팔목에 찼다.

그가 계산하는 동안 숙희와 아내는 앞서거니 뒤서거니 하며 밖으로 나갔다. 아르바이트 비로 받은 절반을 계산대 위에 올려놓았다. 종업원이 권한 박하사탕을 입에 물고 문밖으로 나왔다. 중앙상회 앞에서 그는 머뭇거렸다. 길 건너편 통나무 카페에서 익숙한 노래가 흘러나오고 있었다. 남인수의 〈낙화유수〉였다. 큰어머니는 곧잘 그 노래를 부르며 신세 한탄을 했었다. 어린 그가 그 노래가 무슨 뜻이냐고 물었을 때 큰어머니는, 살다 보면 알게 된다며 미리 알아 좋을 것 없다고 말했다. 일찍이 지병으로 남편을 잃고 조카와 자식들을 건사하며 살던 큰어머니는 노래로 하루하루를 견디다 어느 날 야반도주했다. 어떤 남자와 함께였다는 소문이 떠돌았다. 문득 큰어머니의 안부가 궁금했다.

그는 주위를 두리번거렸다. 아내와 숙희가 보이지 않았다. 건너편 통나무 카페 앞으로 가 주위를 살폈다. 얼씬거리는 고양이 한 마리 없었다. 휴대전화를 꺼냈다. 아내에게 전화를 걸려는 순간, 헤드헌터의 전화가 오지 않았다는 걸 알았다. 며칠 전 컨설팅 회사 면접을 보았다. 면접관과 한 시간 남짓 이야기를 나눴다. 호의적인 태도였다. 당장이라도 그를 채용할 기세였지만 면접관은 침착했다. 면접을 끝내고 나오자 건장한 체구의 사내가 면접실로 들어갔다. 빳빳이 쳐든 고개와 부리부리한 눈매는 자신감이 넘쳐 보였다. 사내의 얼굴을 떠올리며 머리를 흔들었다. 기회는 사라진 게 아니라 더디게 올 뿐이라고 그는 생각했다. 허리를 곧추세우고 가슴을 활짝 폈다. 부여의 밤이 익어가고 있었다.

카페 옆 골목에서 두 여자의 웃음소리가 들려왔다. 그는 소리가 들리는 쪽으로 걸음을 옮겼다. 희멀건 외등 아래, 한 여자는 앉아 있고 한 여자는 담벼락에 기대서 있었다. 두 여자의 긴 머리 모양이 비슷해서 분별하기 어려웠다. 앉아 있는 여자는 뭐가 그리 좋은지 킬킬거렸다. 여자가 앉아 있는 바닥이 축축하게 젖어들었다. 그는 재빨리 몸을 숨겼다. 앉아 있는 여자가 아내였던 것도 같고, 숙희였던 것도 같다. 두 여자 중에 한 여자는 그럴 수도 있다. 하지만 아내와 노상 방뇨는 뭔가 어울리지 않았다. 아내는 그런 여자가 아니었다.

아내는 형제 많은 집 장녀처럼 보였다. 아내가 외동딸이라고 했을 때 그는 외동딸에 대한 편견을 버렸다. 언젠가 아내는 억지를 부리다 제 풀에 꺾여 통곡한 적이 있었다. 어려서부터 어머니가 늘 아팠기 때문에 아내는 무엇이든 조심스러웠고 또래들처럼 철부지 노릇은 하지 못했으며 하루라도 빨리 숙성해야 했다는 고백을 했다. 그녀의 마음을 다 알 것 같았다. 그런 역할이라면 그 역시 못지않았다. 큰어머니가 사라진 후 그는 홀로 상경하여 초등학교에 전학했다. 두 살 터울의 동생이 그가 다니는 중학교에 입학한 후 외로움은 덜해졌지만 온 가족이 모여 살 날을 기대하기는 어려웠다. 부모가 서울 근교에 슈퍼마켓을 차렸을 때 그는 대한민국 육군 이등병이었다. 그가 보스턴에서 돌아오자마자 전자 회사에 다니던 동생은 중국 지사로 발령이 나 떠났다. 온 가족이 서로의 등만 보며 살아온 느낌이 들 때마다 어머니의 말을 떠올렸다. 지금은, 참는 거야……. 그는 아내에게 종종 그렇게 말하며 다독였다. 그것이 사랑인지 아닌지는 중요하지 않았다. 서로를 이해하고 보듬는 마음, 그걸 사랑이라 하지 않을 이유도 없었다. 아내는 결혼 후 모든 것을 그에게 의지하려 들었다. 아내는 그가 변할 줄 몰랐다며 토라지곤 했지만 그조차 신경 쓸 틈이 없었다. 아내를 사랑하지 않는 것이 아니라 사랑할 시간을 잠시 미룰 뿐이었다. 좀 더 나은 환경이 갖춰지면 서운한 마음은 그때 보상해도 될 터였다. 아내는 화장품 회사 경리팀에서 일한다. 그리고 경리팀의 누군가와 깊게 사귀고 있다는 걸 그는 알고 있다. 아내를 자정이 넘은 시간에 귀가시키고 틈틈이 휴대전화로 불러내며 그의 몸을 거부하게 하는, 아내에게 새 휴대전화를 선물한 누군가가 있다는 걸 안다. 그는 입술을 깨물었다. 불현듯 휴대전화를 향한 적개심이 일어났다. 발로 밟고 으스러뜨려도 속이 풀릴 것 같지 않았다. 그는 마른세수를 하며 길게 한숨을 내쉬었다.

아내와 숙희가 골목에서 나왔다. 어깨동무한 채로 노래를 부르고 있었다. 낙화유수였다.

"사랑은 낙화유수, 인정은 포구. 오면은 가는 것이 풍속이더냐."

두 여자는 그를 보자 더 목청을 높였다. 아내는 숙희의 노랫소리에 쥐고 있던 생수병으로 장단을 맞추었다. 어디선가 꽃향기가 풍겼다. 그의 머리 위로 수수꽃다리가 한 아름 둥실 떠 있었다. 야트막한 한옥 담장에 걸쳐 도도하게 달빛을 쏘이는 중이었다.

"어, 내 휴대전화."

한참 흥을 돋우던 아내가 가방을 뒤적였다.

"잠깐만. 휴대전화 갖고 올 테니까 여기 있어요."

"가지 마."

그는 아내의 소매를 잡았다.

"왜?"

아내가 의아한 눈초리로 그를 바라보았다.

"내가, 휴대전화 사줄게."

그는 냉정을 잃지 않으려 애썼다.

"무슨 소리야? 멀쩡한 걸 두고 왜? 잠깐만 기다려."

"가지 말라고!"

아내가 침착하게 그의 손을 털어냈다.

"다녀올게."

아내는 길을 건넜다. 그는 중앙 상회 골목으로 들어가는 아내를
바라보았다.

"영춘화 야들야들 곱게 피건만 시들은 내 청춘은 언제 또 피나."

숙희는 아랑곳하지 않고 노래를 불렀다. 숙희가 긴 머리를 쓸어
넘기며 그의 앞으로 바짝 다가왔다. 그는 침을 삼키고 눈에 힘을
주었다. 숙희의 얼굴에는 요요한 기운이 흘렀다. 언뜻 아내의 얼굴
이 포개졌다. 뭉툭한 콧방울과 살짝 올라간 눈꼬리가 닮은 듯 보
였다. 숙희의 등 너머로 모텔 간판이 눈에 띄었다. 알록달록하게
반짝이는 불빛에 그는 가슴이 뛰었다. 숙희 쪽으로 한 발 디뎠다.
철퍽. 뭔가 그의 발을 적셨다. 홈이 파인 보도블록에 얕은 물이 고
여 있었다. 수수꽃다리 향기가 코끝에서 맴돌았다.

숙희의 손을 잡고 도망치듯 그 자리를 빠져나왔다. 모퉁이를 돌
자 통쾌한 기분에 사로잡혔다. 그를 찾으며 두리번거리고 있을 아

내를 떠올렸다. 웃음이 터져 나왔다. 아무렇게나 웃어젖혔다. 웃음을 멈춘 그는 어떤 노래의 절정처럼 숙희의 손을 꽉 잡았다. 숙희가 그의 입술에 입을 맞추었다.

모텔 정원 수은등이 어둠을 타고 방으로 스멀스멀 새어 들었다. 먹색 텔레비전 화면에 숙희의 실루엣이 비쳤다. 숙희가 바르작거리며 그의 몸을 탐험했다. 그러나 그의 몸은 움직이지 않았다. 휴대전화에 빼앗긴 아내의 몸을 열지 못했던 것처럼.

"좀 취했나 봐. 쉬어야겠어."

숙희가 숨을 몰아쉬며 그의 몸에서 떨어져 나왔다. 숙희는 이불을 끌어당겨 덮고는 금세 잠이 들었다. 숙희도 아내처럼 긴 머리를 한쪽으로 모아놓은 채였다.

보스턴에서 돌아온 후 그는 일주일 동안 시차 적응을 하지 못했다. 아내의 잠을 망치고 싶지 않아 내색하지는 않았다. 침대에 누운 지 채 얼마 되지 않아 아내는 휴대전화를 들고 자리를 빠져나갔다. 거실에서 들려오는 아내의 목소리는 감미롭고 다정했다. 전화는 오늘 갑자기 이뤄진 게 아니라 늘 이어져오던 습관처럼 친숙한 호흡이 배어났다. 아내의 일상을 지배하고 있는 전화라는 걸, 알 수 있었다.

아내의 시간을 생각했다. 보스턴으로 아내의 메일은 쉴 새 없이 날아왔다. 답장을 써 보내면 채 몇 분도 되지 않아 또 메일이 왔다.

메신저 창을 로그인하는 순간 아내는 그를 불렀다. 성한 씨, 나예요? '나예요' 뒤에 물음표를 달던 아내는 그에게 자신의 안부를 물어주기를 기다렸다. 기다림을 배워달라는 긴 편지를 써 보냈으나 답장은 이메일로 왔다. 그는 편지하지 않았다. 아내의 소식은 점점 뜸해졌다. 그의 시간에 아내가 맞추기 시작했다고 생각했다. 지구 반대편에서 보스턴 시간에 맞춰 움직이려 했던 아내는 서울 시간에 따르고 있을 터였다. 그가 보스턴에서 학교에 가고 점심을 먹을 때 아내는 서울의 밤을 껴안고 잠들어 있을 것이라 생각했다. 간혹 아내가 누린 한낮을, 어둠을 지구 반대편에서 물려받은 착각이 들었다. 보스턴에 폭설이 쏟아지던 어느 날 화창한 서울 날씨를 인터넷 뉴스에서 보았다. 서울은 한겨울인데도 이상 기온으로 삼월 하순의 봄을 만끽하고 있었다. 여러 번 시도 끝에 아내와 통화가 되었을 때 아내의 음성은 사뭇 달랐다. 불편한 자리에 있는 것처럼 아내는 그의 안부를 뒤늦게 물으며 얼버무렸다. 불현듯 도미를 욕한 아내의 음성이 떠올랐다. 어둡고 캄캄한 곳에 갇힌 도미의 아내는 얼마나 무서웠을까. 아내의 음성이 생생하게 들려왔다. 졸지에 부모를 잃고 남편을 타국으로 떠나보내고 홀로 남은 아내. 그를 배웅하며 다시 한 번 생각하라는 말을 건넸던 아내. 아내가 다 이해할거라 믿은 오만은 그에게 상처로 돌아온 것일까.

혼란스러웠다. 뭔가가 꿈틀거리며 솟구쳤다. 도미의 아내는 그곳에서 빠져나가기 위해 왕을 응대했을 뿐 마음을 빼앗긴 건 아니었다. 아내가 도미 이야기로 이해를 구했던 것인지도 모른다는 데에 생각이 미치자 그는 자리에서 벌떡 일어났다. 도미의 곁으로 돌아간 도미의 아내처럼 아내도 지금 그에게로 회향하고 있는 것인지도 몰랐다. 그는 창가로 다가가 창문을 열었다. 세찬 바람이 그의 알몸을 휘감았다. 머리가 번쩍 뜨이는 느낌이었다. 서둘러 옷을 챙겨 입었다. 숙희가 벗어놓은 옷가지 위에 아내의 벨벳 머리 끈이 놓여 있었다. 그는 머리 끈을 주머니에 집어넣었다.

택시를 타고 숙소로 돌아온 그는 프런트에서 숙박 명단을 확인했다. 자다 깬 직원은 그 방엔 손님이 있다고 말했다. 그는 당당하게 자신이 그 여자의 남편이라고 말했다. 그의 목소리가 지나치게 컸던 탓에 직원은 멀뚱하게 그를 바라보았다. 그는 천천히 엘리베이터 쪽으로 걸음을 옮겼다.

아내가 머물고 있는 방 앞에 섰다. 문을 두드렸다. 인기척이 없어 손잡이를 비틀었다. 문은 열려 있었다. 안으로 들어간 그는 현관에 신발을 벗으며 어슴푸레한 실내를 살폈다. 한눈에도 초라한 방이었다. 갈색 커튼에는 여명의 기운이 서려 있었다. 한 자짜리 나무 장은 문의 아귀가 맞지 않았고 화장대는 요란한 장식으로 꾸민 커다란 거울에 서랍장이 많이 달린 구식이었다. 그 위에 가지런히 놓인 헤어드라이어와 빗, 그리고 금속성의 물체가 눈에 띄었다. 방 호수가 적힌 플라스틱 바에 매달려 있는 열쇠였다. 창가 아래 테이블 위에는 빈 생수병이 구겨진 채로 빼꼼히 그를 바라보고 있었다. 침대는 가장자리가 흐트러져 있는 것 말고는 말끔했다. 동시에 욕실에서 가느다란 빛이 새어 나오고 물 흐르는 소리가 들렸다. 그는 욕실 쪽으로 걸음을 옮기며 말했다.

"안에 있어?"

목소리가 갈라져 나왔다. 기다리지 않고 욕실 문을 열어젖혔다. 주홍 불빛 아래 세면대 수도꼭지에서 물이 새고 있었다. 아내는, 없었다. 그는 욕실로 들어가 물을 잠갔다. 잠시 멈추는가 싶더니 물은 다시 새어 나왔다. 세면대를 잡고 물에 젖은 비누를 지켜보고 있던 그는 세면대의 화병에서 꽃잎을 뚝 떼어냈다. 꽃잎은 세면대 벽에 붙어 있다 물기에 젖어들었다. 아내는 침대에 앉아 생수를 마시고 욕실에서 손을 닦았을 것이다. 아내의 시간을 좇는 느낌이었다. 보스턴에서 서울의 한낮을, 어둠을 물려받아 움직였던 그날들처럼. 그때였다. 주머니 속에 넣어둔 휴대전화가 울렸다. 다급하게 주머니를 뒤져 휴대전화를 꺼냈다. 기상 시간을 알리는 알람이었다.

호텔 프런트에 부탁해 택시를 불렀다. 현대 서점 앞에서 내린 그는 자동차 앞 유리에 꽂혀 있는 대리운전, 미인클럽 광고지들을 치워버렸다. 차에 올라타 시동을 걸었다. 잠이 덜 깬 얼굴의 한 소년이 눈을 비비며 낡은 가옥 앞을 지났다. 칠이 벗겨진 가옥의 녹슨 쇠창살은 시간에 동요하지 않는 듯했다. 이른 햇발이 자동차 위로 쏟아졌다. 그는 선글라스를 썼다. 거리의 청사초롱 모양의 가로등을 바라보았다. 힘들어도 지금은 참아야 한다는 어머니의 말이 희미하게 깜박였다. 부여를 떠나며 그는 자동차 속도를 높였다.

관계의 생리학과 생의 비법

신샛별 (문학평론가)

1. 관계를 가리키는 이름들

사람과 사람이 맺고 살아가는 어떤 관계를 정확히 설명하려 할 때 '친구', '연인', '가족', '부부'와 같은 간단명료한 이름들은 의외로 그다지 쓸모가 없다. 그런 낡은 이름들을 무심히 수용할 때, 우리는 그 이름에 내포된 관계의 전형적 모습만을 상상하게 되고, 그 상상은 무수한 갈등과 상시적인 피로를 감내하면서 우리가 기꺼이 유지해가는 관계의 실상을 특정한 모델로 축소해버린다. 그래서 우리의 삶을 뒤흔들거나 의미 있게 만드는 중요한 관계들은 그어느 것도 손쉽게 설명될 수 없고, 또 그렇게 되어서도 안 된다고여기는 사람이라면, 불가피하게도 관계를 정의하는 익숙한 이름들과 맞설 수밖에 없다.

이은조의 첫 소설집 『수박』은 바로 그 일을 결연하게 해낸다. 이은조는 관계의 다종다양한 생김새를 인정하고, 그것을 있는 그대로 세심하게 살피려는 작가다. 그녀의 소설에서는 저마다의 개성을 지닌 인물들이 시시각각 자기를 주장하고, 그들이 부딪히고 얽히며 만든 관계가 종잡을 수 없이 변해간다. 그래서 그녀의 소설을 읽다 보면 차례로 이런 생각을 하게 된다. 작품에 명시된 관계의 이름을 단서로 그 관계의 실상을 섣불리 판단해서는 안 된다는 것. 그러나 그 관계를 정확히 명명할 다른 이름을 우리가 갖고 있지는 못하다는 것. 이런 생각을 거듭하면서 이 책에 실린 여덟 편의 소설을 읽고 나면, 도대체 관계란 어떻게 맺어지고 지속되어야 하는 것인가 하는 근본적인 질문이 머릿속에 맺힌다. 이은조의 소설집 『수박』은 소설이 관계의 본질을 탐문하기에 적합한 사유의 형식이라는 것을 새삼 절감하게 해준다.

등단작 「우리들의 한글 나라」에 등장하는 '서영'과 '정연'은 '친구'라는 이름이 이제는 민망해진 사이다. 비슷한 약력을 가진 두 사람은 같은 회사에 입사하면서 쉽게 친해졌고, 마음과 조건이 잘 맞아 동거를 시작했다. 그러나 그들이 서로에게 느꼈던 애초의 동질감은 경쟁 구도 안에서 동료로 두어 해를 보내는 동안 좁히기 힘든 거리감으로 바뀌었고, 어느새 그들은 서로에게 속살을 보이기도 꺼려하는 사이, 속마음을 감추기로 작정하는 사이가 되어버렸다. "정연은 일 년에 한 두 번쯤 내게 친구라고 부른다. 자기 생일이나 내게 간절히 도움을 요청할 때. 올해는 그 소리를 다 들었으니 내년을 기약해야 한다."는 서영의 쓸쓸한 혼잣말은 '친구'에서 멀찍이 떨어져버린 그들 관계의 실상을 응축해 보여주는 대목인 동시에, 관계의 한 유형으로서의 '친구'란 무엇인가를 곱씹게 만든다.

그러나 우리에게는 '친구'라는 말 외에는 그들의 관계를 규정할 만한 적당한 이름이 없다. 그들이 사소한 일에서 서로에게 불편을 호소하거나 신경질을 부리는 것도, 최소한의 예의를 운운하며 면박을 줄 수 있는 것도, 문득 느끼는 거리감으로 인해 서운해지는 것도, 모두 친구이기 때문에 가능한 것이 아닌가. 다만 동료이거나 동거인이기만 했다면 기대하지 못했을 친구 역할을 상대방이 수행하지 않았을 때 깊어지는 감정의 미세한 골을 짚어내는 데에 이 소설은 많은 지면을 할애했고, 또 그것에 성공했다. 그럼으로써 서영과 정연이 이룬 공동체를 뜻하기도 할 '우리들의 한글 나라'가 친구이면서 동시에 친구가 아닌, 모종의 애매함을 속성으로 한다는 것을 밝혀냈고, 작가는 이 딜레마를 끝까지 해결하지 않는 방향으로 소설을 밀고 나갔다. 우선은 그것이 그들 관계의 실상이기 때문이고, 나아가서는 그 안에 머물러 있어야만 발견할 수 있는 인간관계의 본질이 있다고 믿었기 때문일 것이다.

2. 여행지에서 배우다

논리학적으로 말하면 '그들은 친구다'라는 문장은 명제이고 '그들은 친구가 아니다'는 앞선 명제의 부정이다. 이은조의 소설은 관계란 언제나 관계를 정의하는 명제와 그것을 부정하는 명제가 동시에 성립하는 지점에서 아슬아슬하게 흔들리며 이어지는 것이라고 이야기한다. 이처럼 관계의 기저에 어떤 모순이 내재되어 있기는 부부의 경우에도 마찬가지다. 「비자림」과 「흐르는 물에 꽃은 떨어지고」와 같이 부부가 주인공으로 등장하는 소설들은 공히 화자가 '우리는 과연 부부가 맞는가' 하는 의구심을 갖기 시작하는 순간에서부터 출발한다. 「비자림」의 아내는 부부 동반 여행길에 말없이 사라져버린 남편 때문에 당황스럽고, 「흐르는 물에 꽃은 떨어지고」의 남편은 아내의 휴대전화 너머에 있는 다른 남자의 존재를 알아차리게 되어 심란하다. 상대방과의 지속적이고도 긴밀한 감정적 유대감을 전제로 하는 부부 관계가 심상찮은 수준에서 요동치고 있음을 감지한 두 소설의 화자는 소설이 전개되는 내내 '우리는 부부가 아니다'는 쪽으로 생각이 기울어 괴롭고 슬프다.

그러나 두 소설의 화자가 경험하는 불안과 공포는 기실 부부 관계의 상실에 대한 것이라기보다는 자기 자신을 잃어버릴지도 모른다는 데에서 생겨나는 감정에 가깝다. 두 소설의 플롯이 이른바

'길 찾기'를 모티브로 삼고 있는 이유가 여기에 있다. 두 소설의 화자는 부부 관계의 위기를 느끼자 곧 정체성의 혼란을 겪는다. '나는 지금껏 어떻게 살아왔고, 또 앞으로 어떻게 살 것인가' 하는 질문이 일상을 장악해버려서, 그에 대한 답을 찾지 못하면 제대로 살 수 없을 것만 같다. 그러므로 두 소설의 소재가 된 '여행'은 부부로 살아왔던 일상에서 이탈한 그들의 처지를 나타내는 상징적 기표이면서, 부부 관계를 회복하기 위해 그들이 거쳐야만 하는 정신적 여정의 비유인 셈이다. 만약 여행길에서 관계의 위기를 타개할 묘안을 찾아낸다면, 그들은 부부로서의 삶 쪽으로 방향을 다잡을 것이고, 그렇지 못한다면 소설이 끝난 뒤에도 방황을 쉬이 끝낼 수 없을 것이다. 결과를 당겨 말하면, 그들은 관계를 회복할 방법을 터득하게 되었고, 소설의 말미에 이르러 망설임 없이 갈 길을 재촉한다.

흥미로운 것은 그들이 찾아낸 관계 회복의 해법이 방문한 여행지의 특징과 맞물려 있다는 점이다. 먼저 「흐르는 물에 꽃은 떨어지고」의 화자는 즉흥적으로 '부여'에 가는데, 그곳은 그에게 "한 발 더 멀리 나가기 위해서 잠시 고여 있어야 한다고 말하는 '터'였다. 금세 나아질 거라 위로하는 '터'였다." 적잖은 나이에 취업난에 시달리면서 아내와도 소원해지자 화자는 "자신이 이 세계의 문과 문 사이에 끼어 있는 것만 같았다." 부부 관계에 적신호가 켜진 시점에 하필 부여행을 결정한 것은 그곳을 거쳐야만 지금까지와는 다른 삶의 문을 열 수 있으리라 생각했기 때문일 것이다. 예상대로 부여를 통과하면서 그는 아내에게 진정으로 다가갈 준비를 마치고, 막막하고 외로웠던 시절과 빠르게 작별할 수 있게 된다.

그런가 하면, 「비자림」에서 화자가 들르는 '제주의 비자림'은 관계 회복의 해법을 은유적으로 제시한다.

　　비자나무와 덩굴이 기가 막히게 평행선을 유지하고 있는 걸 봐요. 쟤들은 서로한테 덤벼드는 게 없어. 덩굴이 제 속으로 파고들면 비자나무는 제 땅까지 내줄 거야. 그건 덩굴도 마찬가지야. 평행선은 결코 한 지점에서 만나지 않지. 선 하나가 기울이기만 해도 그건 평행선이 아니니까. 그래서 비자나무는 죽을 거야.

　　그가 보고 싶었던 것이 비자나무와 덩굴의 생이었을까. 꿋꿋하게 자기의 영역을 지키며 필요한 소통만 하길 바란 걸까. 그가 조금씩 우리 사이에 균열을 일으킬 때 나는 이유를 물어보았어야 했다. 화장실로 숨어버리는 이유를, 다양한 과목으로 삶의 여정을 짜 맞추려는 의도를, 우리의 아이가 태어나지 못하는 이유를.(「비자림」, 142쪽)

아이를 원하지 않고 가정에 얽매이기를 싫어하는 남편을 둔 자신의 삶을 비관적으로 바라보았던 「비자림」의 화자는 서로 다른 종의 식물들이 군락을 이루며 살고 있는 숲에서 그곳의 생태를 자세히 관찰하게 된다. 화자는 비자나무와 덩굴이 각자의 뿌리에서 독립적으로 자라나와 나란히 성장하는 모습을 인상 깊게 보았고, 그곳으로 결혼기념일 여행을 추진했던 남편이 그동안 비자나무와 덩굴처럼 "각자의 색을 묻어두고 겹치는 색깔로 살아가"기를 간절히 원했던 것은 아닐까 짐작해보게 된다. 화자가 습하고 어두운 숲속에서 내비게이션을 끄고 용기 있게 남편에게로 운전을 감행하는 마지막 장면에서는 그녀 자신의 표현대로 "생의 비법"을 깨우친 사람의 결기마저 엿보인다. 이제 그녀는 오래 접어두었던 화가의 꿈을 펼치고자 하는 남편의 가장 든든한 지지자가 되어줄 것이다. 서로에게 기댄 채로 꿈을 실현해가는, 독립적이지만 조화롭게 어울려 사는 부부 관계의 아름다움을 비자림에서 미리 보았으니 말이다.

3. 노인과 아이의 말

물론 꼭 특정한 장소에 가야만 생의 비법을 깨우칠 수 있는 것은 아닐 것이다. 이은조의 소설들은 관계 회복을 향한 강한 염원이 묘안을 마련하는 것이라고, 관계의 본질을 궁구하는 호기심이 결국 해답을 도출해내는 것이라고 누차 강조한다. 여러 관계가 중첩되어 있는 인생길을 밝혀주는 생의 비법, 즉 관계에 대한 통찰은 언제나 자신으로부터 나온다는 것이다. 그러므로 소설 속 인물들이 관계 때문에 심각하게 고뇌할 때마다 우연히 조우해 듣게 되는 현명한 이들의 목소리는 자기 내부에서 발아해 터져 나왔을 공산이 크다. 이은조의 소설에 출현해 생의 비법을 전수해주는 그 목소리들은 편의상 두 가지 종류로 나눌 수 있는데, 하나는 지혜로운 노인의 것이고, 다른 하나는 위악적인 아이의 것이다.

지혜로운 노인의 목소리가 등장하는 작품으로는 표제작인 「수박」이 대표적이다. 이 소설의 주인공 '난주'는 일터와 가정에서 자신을 배려하지 않는 가족들 때문에 피로를 느낀다. 오빠와 함께 근무하는 공장에서 난주는 늘 오빠의 사고 처리를 도맡아 하느라 지치고, 남편은 오직 책임감만으로 가정을 꾸리려고 하는 통에 그녀를 자주 쓸쓸하게 만든다. 특히 아이를 낳길 바라는 난주의 소망을 번번이 묵살하는 남편의 냉정함에 그녀는 크게 절망하고 속으로 신음한다. 그녀의 가슴속에 멍울이 생기고 있다는 것을 알아차리지 못한 엄마의 돈타령까지 더해지자, 그녀는 어디론가 훌쩍 떠나고 싶다는 강렬한 욕망에 사로잡히게 된다. 그렇게 수박을 싸들고 홀연히 떠난 여행길에서 그녀는 한 노파와 만나고, 그가 툭 뱉어놓는 생의 비법 덕분에 다시 살아갈 기운을 차린다.

"수박씨는 꼭 뱉어내야 돼. 가슴에 담고 있으면 안에서 수박이 열린다고. 씨가 있다고 수박을 안 먹으면 미련한 거지. 씨앗은 뱉으면 돼, 그냥 툭, 툭……."

노파는 혀를 말아 씨를 뱉는 시늉을 해 보였다. 난주도 노파를 따라 바다에 씨를 뱉었다. 무엇인가 가슴에서 방울이 터져 나가는 것 같았다. 난주는 씨를 뱉기 위해 수박을 베어 문 것처럼 바다에 툭, 툭 씨를 뱉었다.(「수박」, 91쪽)

노파와 수박을 나눠 먹으면서 가슴속 응어리를 뱉듯이 수박씨를 뱉어낸 난주는 이윽고 단잠에 빠져든다. 단잠에서 깨어난 뒤 그녀는 자신을 둘러싼 오빠 내외와 남편, 그리고 엄마와의 관계를 재조정하게 될 것이다. 그녀는 노파의 조언에 힘입어, 관계에서 오는 갖가지 피로가 타인을 향한 불만과 요구를 발설하지 않고 가슴속에 담아두는 자신의 습관이 초래한 결과라는 걸 깨달았으니 말이다. 「수박」 외에도 앞서 언급했던 「우리들의 한글 나라」와 「비자림」에는 각각 '마샤'와 '안내원'이 지혜로운 노인의 목소리를 낸다. 그 목소리들은 불구가 된 관계로 인해 낯선 숲속에 들어

온 듯이 일순간 삶이 암담해진 인물들에게 나아가야 할 길을 친절하게 안내해준다. 「비자림」에 등장하는 표현대로, 그 목소리들은 "숲의 길잡이"인 것이다.

한편 「가족사진」과 「효녀 홀릭」에는 어리고 위악적인, 그러나 인간관계의 본질을 가리켜 보인다는 점에서는 지혜로운 노인만큼이나 현명한 목소리들이 있다. 그 목소리들은 관계의 배면에 깔린 환상을 폭로하면서, 관계의 실상을 낱낱이 고발한다. 그러는 동안 우리는 서로에 대한 호의와 배려에 기반하고 있다고 믿었던 여러 관계들이 사실은 개인적인 욕망들이 투쟁하는 아귀다툼의 공간이라는 것을 조금은 아프게 실감하게 된다.

가령 홀로 남겨질 엄마의 행복을 빌면서 딸 '영선'이 엄마의 재혼을 추진하는 과정을 따라 전개되는 「효녀 홀릭」에서 초등학생 '미르'는 영선이 훗날 살기를 소망하는 '목걸이 마을'을 두고 다음과 같이 말한다. "그건 집이에요. 목걸이 같은 건 없어요." 미르는 창밖을 보면서 집집이 켜진 불빛을 연결해 목걸이를 그리고, 그곳에 살게 될 자신의 미래를 상상하는 영선이 자기 환상에 취해 잘못된 판단을 내리고 있다고 단호하게 꼬집는다. 그 말은 가족은 짐일 뿐이라고 주장하는 '혜랑'의 충고와 더불어 가족 구성원 모두의 행복을 계획해온 영선에게 거슬리는 것이었다. 그러나 엄마가 자기 욕망에 따라 결혼 이후의 생활을 독단적으로 꾸리기 시작하자,

영선은 차라리 엄마의 불행을 빌게 되고, 여태껏 자신을 속여왔다는 것을 인정하게 된다. 엄마의 재혼을 핑계로 영선은 내심 홀가분한 삶을 바랐던 것이다. 이처럼 이 소설은 가족 내부에서 소리 없이 갈등하는 구성원의 욕망들이 첨예하게 부딪히는 장면을 포착해 관계의 실상은 항상 환상보다 비루하다는 사실을 일깨운다.

미르가 영민하게 간파한 대로 이은조가 주목하는 친구, 부부, 가족 등의 친밀성의 영역은 애초에 호혜적이지 않다. 공적인 영역에서 이익과 손해를 따져가며 관계를 맺는 데에 익숙한 우리는 곧잘 친밀성의 영역에서 타인의 특별한 희생과 도움을 기대하지만 그것은 배신당할 가능성이 크다. 앤서니 기든스의 말마따나 친밀성의 영역을 공고히 하는 것은 구성원들이 함께 이뤄낼 공통의 기획과, 그 기획을 실현시켜 나가는 과정에서 발생하고 강력해지는 '합류적 사랑(confluent love)'의 힘일지도 모른다. 「가족사진」의 어린 화자가 천진한 말투로 전달하는 메시지도 이와 같다. '가족사진 찍기'라는 기획을 실현해가면서, 별다른 감정적 교류와 유대가 없던 이 소설의 인물들은 드디어 '가족'이라는 울타리를 만들게 된다.

참 이상한 사진이었다. 작은언니가 검지와 중지로 브이를 만들어 포즈를 취했을 때 우리가 탄 은하 열차가 지나고 있었다. 얼굴이 흐릿하긴 했지만 한눈에 우리 가족이라는 걸 알 수 있었다. 아

버지는 엄마의 어깨를 감싸 안았고 오빠는 겁을 먹은 표정이긴
했지만 두 손을 높이 올려 만세를 외쳤다. 내 얼굴은 하늘로 향해
머리카락만 보였다. 그리고 작은언니의 브이 안에서 콩알만 한
큰언니가 활짝 웃고 있었다. 그것은 우리가 처음으로 찍은 가족
사진이었다.(「가족사진」, 177쪽)

　같은 맥락에서, 텃밭을 가꿀 만한 마당이 있는 도시 외곽의 한적
한 집에서 조용하고 소박하게 살기를 꿈꾸며 단란하게 지내던 가
족이 실제로 전원주택으로 이사를 하게 되자 서로의 고단함을 위
로해줄 여유마저 잃어버리게 되는 「전원주택」을 읽어볼 수 있을
것이다. 예고도 없이 휴일이면 빈번히 찾아드는 방문객들의 시중
을 들다가 심신이 지쳐버린 화자의 가족은 더 이상 자신들을 위해
무언가를 기획할 엄두를 내지 못한다. 자연스레 주인공 부부의 대
화는 줄어들고, 화자는 외로움을 달랠 길이 없어 담배를 찾는 지경
에 이른다. 이들 부부의 피폐해진 관계가 회복될 조짐이 보이는 유
일한 순간은, 둘째 아이의 임신과 출산을 계획하며 가족의 미래상
을 그려볼 때뿐이다. 더 이룰 것이 없는 현재보다, 아무것도 이루
지 못한 미래에서, 그들은 더 부부답고, 가족답다.

4. 착각은 나의 행복

그렇다면 관계란 일종의 착각이 아닌가. 함께 일구어나갈 미래를 상상하며 조금씩 거기에 가닿으려고 애쓰는 와중에만 비로소 관계가 성립하는 것이라면, 관계는 늘 형성되는 중이거나 와해되는 중일 것이다. 따라서 우리가 누군가와 어떤 관계라고 말할 때, 그것은 그렇게 되고 싶다는 의지의 표현이지 사실의 묘사는 아니다. 이제 관계를 정확하게 설명하려는 이은조의 소설에 어떤 명제와 그것의 부정이 동시에 동원되는 까닭도 납득이 된다. 우리는 누군가와 친구이거나 부부이거나 가족이라는 착각 속에서 산다. 아직은, 아니 어쩌면 끝내, 누군가와 친구, 부부, 가족이라고 말할 수 없는 것일 텐데도 말이다. 그러나 그 착각은 우리 자신을 위해 필요한 것일지도 모른다. 착각 속에 머무를 때에만 우리에게는 살아볼 만한 미래가 생겨나고, 앞으로 맛보게 될 행복을 가늠해볼 수 있는 것이라면 말이다.

착각은 나의 행복이다. 아버지가 고급 양복을 입고 열대 과일을 사 들고 들어오는 착각, 엄마가 아침마다 커피 한 잔을 마시며 클래식을 듣는 착각, 큰언니가 웨딩드레스를 입을 거라는 착각, 작은언니가 매달 내게 용돈을 주는 착각, 오빠가 어깨를 펴고 거

리를 활보하는 착각, 내가 쓴 판타지 소설이 실재가 되는 착각. 착
각은 멈추지 않는다.(「가족사진」, 163쪽)

인용문에서 이은조는 '행복은 착각이다'라고 쓰지 않고, '착각은
행복이다'라고 적었다. 앞의 것이 간신히 발견한 행복마저도 기어
이 부정하는 사람의 문장이라면, 뒤의 것은 숱한 불행 안에서도 기
필코 행복의 실마리를 찾아내는 사람의 문장이다. 전자는 삶에 이
미 깃들어 있는 의미를 재차 지워내려는 태도이고, 후자는 삶 깊숙
이에 숨겨진 의미를 안간힘으로 지키려는 태도이다. 이것은 큰 차
이다. 지연된 행복을 상상하면서 고된 하루하루를 견뎌내는 우리
의 일상에서 삶은 대체로 후자의 태도를 취할 때 겨우 긍정될 수
있다.

이은조가 관계를 마치 살아 있는 생명체처럼 여기고, 그것의 발
생, 지속, 쇠퇴, 회복의 과정을 관찰하여, 그 원리를 발견해 소설의
형식으로 여기에 옮겨놓게 된 경위가 이제 충분히 짐작된다. 그녀
는 행복의 가능성을 수호하려는 사람이다. 그래서 그녀는 착각의
소멸, 달리 말해 관계의 소멸이 가져올 결과를 진지하게 고민했을
것이고, 그래서 무엇보다 먼저 '관계'라는 생명체의 생리를 탐문하
는 일에 나섰을 것이다.

이 소설집에 실린 작품들 중에서 가장 최근에 발표된 「바람은

알고 있지」에서 이은조는 관계의 소멸이 가져오는 상실감, 공포, 두려움을 섬뜩할 정도로 실감나게 그려낸 바 있다. 이 소설의 주인 공인 신혼부부 '혜리'와 '상우'는 모두가 여가를 즐기고 휴식을 취하는 여행지에서 하루를 벌어 하루를 사는 신세다. 아무리 성실하게 일을 해도 좀처럼 나아지지 않는 여건 때문에 살아볼 만한 미래를 예비하기 힘든 상황 속에서도, 그들은 꿈과 내일을 지켜내기 위해 끈질기게 분투한다. 그러나 녹록지 않은 현실은 안락한 생활, 결혼식, 임신과 출산 등 그들의 미래와 관련된 상상을 무참히 깨뜨리고, 설상가상으로 어떤 악조건 속에서도 아내를 추슬러 다시 살아갈 기운을 북돋웠던 상우가 사고로 행방불명이 된다. 소설의 말미에서 남편을 잃고 망연자실한 혜리는 반쯤 넋이 나간 채로 중얼거린다. "난 아무도, 아무것도 없어."

하나의 관계를 잃는 것은 그 관계에 복속된 타인 한 명을 잃는게 아니다. 관계의 상실로 우리는 나 자신을, 미래를, 행복의 가능성을 전부 잃을 수 있다. 그러므로 삶을 지켜내기 위해 이은조는 관계의 생리를 묻는다. 어떤 그악한 상황에서라도 남은 인생을 함께 설계할 사람이 있다면, 누군가와 친밀한 관계를 맺고 있다면, 삶은 살아볼 만한 것이다. 관계에 서투르기 때문에, 삶에도 서투를 수밖에 없는 우리가 그녀의 소설을 붙잡아야 하는 이유다.

작가의 말

지난봄, 이국의 화려한 도시에서 죽은 여가수의 노래를 들었다. 분수의 물줄기가 하늘로 치솟고 색색의 조명이 쏟아졌다. 황금을 줄 거라고 유혹하지만 결국 한 푼도 얻을 수 없는 그 도시는, 여가수의 청아한 음색과 어우러져 더 서글프고 황량했다. 세상의 모든 전구를 동원해 밤을 밝혀도 어둠을 물리칠 수 없었던 그곳은, 그래서 더 으스스했다. 그 도시는 황금을 파는 게 목적이 아니라 요행으로 황금을 얻을 수는 없다고 말하고 싶었던 걸까. 황금의 주인은 누구도, 아무도 없는 게 아닐까.

책으로 묶기 위해 지난날에 쓴 소설들을 읽었다. 수월하지 않은 시간이었다. 아이러니하게도 소설을 쓰던 지난날의 나는 내용과 상관없이 글을 쓰는 것만으로도 즐거워했다. 그래서, 소설을 읽는 나는 더 고통스러웠다. 퇴고를 마무리할 때쯤, 결국 나는 다른 옷을 입고 있는 그 둘을 인정했다. 지난날이든 지금이든 여기 실린 소설을 쓴 사람은 나라는 것. 인정하고 나니 한결 낫다. 지난날의 나는 즐거워하고 지금의 나는 괴롭지만, 내일의 나는 한 줌 더 가벼워질 것이다. 시간이 선물한 아량이다.

　소설을 쓸 때마다 먼 여행을 하는 것만 같다. 그저 스친 것에 대해서는 입을 열 수가 없다. 오래 지켜본 것에는 할 말이 넘친다. 이 여행의 묘미는 곧 목적지에 도착할 것처럼 설레게 하지만 결코 끝나지 않는다는 것이다. 황금을 차지하기 위해서가 아니라 황금을 좇는 여행이니까.

　좋아하는 일과 능력껏 할 수 있는 일이 다르다는 걸 안다. 시간이 걸리겠지만 머뭇거리는 시간을 줄여나간다면 좋아하기 때문에 할 수밖에 없는 사람이 될지도 모르겠다. 서점에서 내 책을 샀던 아버지의 발걸음이 부끄럽지 않도록 오래 여행하는 사람이고 싶다.

　나와 함께 이 시간을 이동하는 가족과 친구들에게 진심을 담아 고마운 마음을 전한다. 늘 사랑해줘서 고맙고 감사합니다. 나도 당신들과 같다는 걸 알아주시길.

2014년 봄, 봄

이은조

수록 작품 발표 지면